悠縁《ゆうえん》

川端邦彦

新潮社
図書編集室

悠縁＋目次

悠縁

閑話

「看護師さん、ここはシフト、日勤・準夜勤・夜勤の三勤でしょ？」

今日の看護師は『新人』という札がまだ胸元に付いている。そのためもあってか、懸命に世話をしてくれている。技術的に未熟だが、思いやりが伝わってくる。処置がひととおり済んだので、話しかけてみた。


「ええ、そうですよ」

「いえね、ふと思ったんですけど、日勤・夜勤とか準夜勤・日勤ってな事になったら八時間しか休めない訳だから、何気に大変なんじゃないですか？　この間も、朝居て昼見なくて、夜来てなんて人がいたから……」

「あ、ははは……」

若い。屈託がない。

「その間に食事や風呂。他にもあるんだろうし、そういう時はどうしてるの？」

「くるまで寝てます」

無垢な瞳でそう答える。

「えっ？　そんな事しなきゃならないほど余裕がないなんて、おかしいでしょ？」

「いえ、くるまで寝てるんです」

「まあ、若いうちは無理がきくけど、女の子がする事じゃないでしょ？　危なくない？　駐車場でしょ？　寝てるの？」

「いえ、くるまで……来るまで寝てるんです……。寮、すぐそばですし……」

「あ……そういうこと……」

「……なまってました？……」

「いえ……僕の心がなまってました……」


母のお気に入りの娘。

徴候

師走のある日。

実家から、母が入院したと連絡があった。本人と電話で話しても、

「咳が止まらなくて、気管支炎みたいなのと、ちょっと腫瘍があって検査してるところなの
……」

とはっきりしない。

「腫瘍で検査？　それって……」

と聞き返そうとして口をつぐんだ。「癌」という言葉を慌てて飲み込んだ。そして努めて明るく言った。

「そう。型どおりの検査なんだね。それなら来週には顔、見に行くよ」

嘘だった。本当はすぐにでも駆けつけたかった。

驚いた。痩せ細っている。わずかの間で人は萎びてしまうのだ。病室に入ると、母はベッドに腰をかけ直して歓迎してくれた。だがそこには、ふくよかで転がるように動き回っていた頃の姿はなかった。

ひとしきり話をしたところで、ふいに口をつぐむ。私から目をそらし、壁を見ている。しばしの沈黙の後に出てきたのは、思いもかけないひとことだった。

「……なあ、帰ってこないか……」

「……そうだね……そうするよ。退院したら、一緒に暮らそう……」

それしか言えなかった。これで二回目の嘘。これからわずかの間に、何度つくことになるのだろう。全てが嘘のようだったと言える時がくるまで。

私は散歩用にと買ってきた、袖無しの丈の長い羽織を渡した。アルパカの毛で柔らかく編まれた民族衣装風のもの。落ちついたエンジ色を基調に、鳥や草花、山並みが黄色や桃色といった優しい色合いで描かれていた。控えめな華やぎが病室には丁度良かった。

母は嬉しそうにはおった後、やおらたたみはじめた。

「なんで？　着ればいいのに」

「う……うん、もったいないから……」

「そう、好きにするといいよ」

会話はそこで終わった。

着てくれても、しまい込んでも、どちらでもよかった。嬉しがってそうしたのだから。

次にそれを見るまで、しばらく待たなければならなかった。


午後、担当看護師と会った。中堅どころで大柄、患者の世話に有利ではと思った。性格もはっきりしていて男勝り。活力のある人は歓迎だ。

母も期待しているのか、よく話す。患者の期待とは、特別扱いしてもらう事。だから何としても仲良くなろうとするし、些細な事でも絆のように捉えようとする。

聞けば、親戚の近所に嫁いだ人で云々と、既に結構な情報交換をしていた。私は母のその饒舌ぶりと、「ちょっと近い知り合い」という部分に、ざらつきを感じていた。また、面談時に母との距離がことさら近いようにも見えた。このままいけば私の入る隙間がなくなるのではと思った。だが、それでいい結果が出るのなら文句はない。

――こんなに他人について、しゃべる人ではないのに――

母がいつになく口数が多いのが、どうにも腑に落ちなかった。

感受

「……あるある……」

大型書店にて。病院や医大、看護学校が近在するため、医学書が充実していた。癌関連の多さに改めて驚く。立ち読みを終え、古本屋に足をのばす。

「ああ、もっとある。しかもタダ同然……」

癌闘病は「情報戦」。かなったりだ。書棚に押し込まれた本。手を伸ばす。

刹那、指先に電気が走る。恐ろしく暗い声での裡の問答。

──なぜここにあるのか──

──必要なくなったからさ──

ここは墓場。これは墓標。還らなかった人たち。背中に痺れるような不快。その場を離れた。

にわか仕込み。数字が挫く。

二人に一人、毎年百万人以上。拡大するその版図。

非現実な倍々貯蓄の実現。それが癌。

分裂四十回で一兆個。直径約十センチ。重さ約一キロ。限界。ステージ4。

五十回で宿主より重くなる。


「悪性新生物」。そう呼ぶと。

「……うまく言うもんだ……ちくしょう！」

車の中で読み終えた本を、ダッシュボードに投げつけた。


長い説明。医師は検査結果の遅れを、腫瘍の場所と大きさに求めた。未確定だが、尿管癌という認識で臨むと言う。

報告後、たずねた。

「ところで……ステージはいくつで……」

固まる空気。スタッフに囲まれ、軽やかに語る若き担当医が押し黙る。

「……4です……」

物憂げな表情。

「……あと、どのくらい……」

「一ヶ月くらいかと思います」

沈黙が口をはさむ。

「……こんなになるまでには……」

「二十年以上かかってるはずです」

ため息をつく私。

「なんで、わからなかったかなぁ……」

医師が気色ばむ。

「あ、いえ……本人が、という事です」

「……」


レントゲン写真の鎮座する腫瘍。除去不能。既に乗っ取られていた。本に嘘はなかった。

「お腹に赤ちゃんがいるみたい……」

ある時、母が寝ぼけてそう言ってた事を思い出していた。

廊下はいっそう長く、暗かった。病室のドアもひたすら冷たく、重かった。中に入る。

「どうだった？」

うろたえる。待っていたのだ。だが、持ちこたえた。

「治療を続ければ、良くなるって」

「そう……」

母はそのまま眠ってしまった。

告知はしない。そう決めてきた。残りの時間、ただ支える。それだけだ。

胸臆《きょうおく》

「ねえさん……もとからダイコンだったけど、これじゃカブだね……」

叔母がからかう。はち切れんばかりに腫れ上がった右膝から下。さながら安普請のロボットのそれ。腎臓・尿路系の異常。医師の見立て、同然。

足先が冷たくて眠れないという。厚手の靴下と柔らかいレッグウォーマーを用意した。パステルカラーの可愛らしいどうぶつは、得体の知れない怪物になった。

「おまえは、小さい頃、大好きな黄色い長靴をいつも履いてたんだよ。覚えてる?」

余っ計な事を。

それでも、

「あたしは、コレがお気に入り……」

そう言って、ベッドの上で自力で履く余裕がこの頃にはあった。

分かち合う時間。互いの歓心と信頼を繋ぐこと。それが希望となるはず。

手が止まる。絵は三枚で終わった。自分だけ楽しんでどうする。母の生への執着を引き出さねば。待合室で見つけた写真集。色鉛筆でアールヌーヴォーの「蜻蛉《とんぼ》」を模写。眺め入ってると、ふと思った。これを立体にできないか、と。

花盛り、蝶や鳥の舞、生気の彩。


入手したペーパークラフトの冊子。「親子で作る」とある。確かに。印刷済み、道具不要、初心者でも簡単、ともある。花と蝶、そして鳥を購入。魅惑の昆虫と恐竜はこらえた。病室を花でうずめてから、こっそりとだ。


喜んでいた。手慰み兼リハビリ。一緒に楽しめるのも。はりきる指導員。仰せのままに、と生徒。やりとりを楽しんだ。

ほどなく母の手が進まなくなった。作っては眠り、の繰り返し。そして呟く。

「……しんどい……」

上がらない腕。失われた筋肉。やる気も、また。

眠ってる間、花を完成させた。壁に貼り付ける。

「きれい……」

背中から声。振り向く。母が手を伸ばそうとしていた。壁からはずし、渡す。

「できたよ」

「ありがとう……」

花を眺めもてあそび匂う様、少女の横顔。

母の手の赤いツバキ。寝息と共に胸の上で揺れていた。

汀《みぎわ》

その朝、支度中にケータイが鳴る。看護師からだ。

「お母さまが出血されて、緊急手術をするので、同意をお願いします」

腫瘍が浸潤《しんじゅん》、下血。腸を放射線で焼き、止血するという。説明が終わる前に、車に飛び乗っていた。

「こんな事になるんだったら、帰らなければよかった……」

ホテルから通う病院。昨日は体調が悪く、早々に切り上げていた。

別れ際、手を握る母。

「調子が悪いなら、早くお帰り。明日もあるんだし……」

そう言いつつも、手を離さない。指ごとに確認するかのように、包み込むかのように。

一致しない気持ちと言葉。

いま倒れる訳にはいかないと、その場を後にしていた。

エレベーターを降りる。母を搬送する医療チームと鉢合わせた。混濁の意識。宙をさまよう視線。空をつかむ手。虚に消える声。わずか数十センチの隔。なすすべもなく入れ替わる。このまま終わるかと思うと、やるせなかった。右の手を見つめ、ぬくもりを思い出そうとしていた。

手術の間、病室を掃除した。普段は丸いが、今回ばかりは四角く掃き上げた。二時間ほどして戻ってくる。チューブと酸素マスク、モニターが付いていた。昏睡。手術は成功。だが、これ以上はお手上げという。

説明の後、医師は一呼吸置く。嫌な予感がした。

「出来れば早いうちに、ご親族やご友人を呼んで、最後のお別れを済ませておいた方が良いかと思います」

聞きたくなかった台詞。陳腐なはずが、鮮烈だった。

もはや右の手を見ても、ぬくもりを思い出す事は出来なかった。

――シューッ……――

響く酸素の音。

ベッドに沈み込む様に眠る母。チューブは細く萎びた腕に液体を送り続ける。

ほどなく、親族と友人がやって来る。一様に青ざめていた。

医師は先のと寸分違わぬ説明をする。違う見解が出てこず、残念だった。

「今夜からどな

――『はい！　僕です。僕がやります』――

たか、付き添いをお願いしま……」

言い終わる前に手を挙げていた。質問の終わりに、逡巡する姿を見られたくなかった。このまま死なすつもりはなかった。ただ一度でいい。目を覚まさせてあげたかった。

その晩から、私は補助ベッドの上での生活になった。寝る事もままならない。終わりの無い警戒。昼も夜もない。あるのは、そこにある命がいずれなくなるという事だけ。それは危うげに肉体をまとい、辛うじて呼吸をしている。

だが、それでもいい。息さえしてくれればいい。

すべての寝息がいとおしい。

灯《ともしび》

母の左手を持つ。細く、軽い。そして冷たかった。だが、間違いない。生きている。それは、生命の目盛り。それは日々、私をなごませ、はげました。爪は伸び続けていた。

小指から切り始めた。割れないよう、小さく。破片を飛ばさないよう、慎重に。ヤスリ掛けして、仕上げ。

人差し指にかかる頃、副師長が来た。処置を始める。その手は、右腕に刺さった針に。その視線は、私の指先に刺さっていた。

「爪切りされてるんですね……」

「あ、これ。前に何度かお願いしてたんですけど……問題ありましたか?」

「いえ、特には……」

「看護師さん、爪のケアしないようにしてるんでしょ?　いろいろあって」

驚いていた。

「よくご存知なんですね。それに、手際がいいので……何か病院とか介護関係のお仕事をされてるんですか？」

「いいえ。ただ、人を助けるのに資格も何もないと思ってるだけですよ。逆に資格のためにできないなんて、変ですよね」

「……」

返事がない。賢い。そして信頼できる。

「それに……」

言いかけてためらった。

「それに？」

「……目を覚ました時、爪がきれいだったら、ほおっておかれてなかったんだ、って思うかと……」

彼女の顔が凹んだ。

「ほら、きれいになりましたよ」

「ええ、そうですね」

場所を入れ替わった。

伝わっていると思っていた。皆が全てを整えて待ってる事を。そして、分かってるものと信じていた。誰よりもこの状況に納得いかないのは本人である事を。

——ここは……一体——

時の経過と共に強まる疑念。思い浮かぶこの数日の出来事。
記憶の沼からもたげる意識。
茫漠からの覚醒。脳を圧迫する残響。聴覚の刻印。
抑揚なく繰り返されるうめき声……あれは……読経。
舌鋒《ぜっぽう》鋭く威圧するかのような大声……あれは……聖書朗読。
それは臨終の儀式。
そして聞く。
深夜の静謐《せいひつ》な病棟を貫く衝撃波……あれは……悲鳴。
家族、いや、既に遺族となった者の。
面会時間を過ぎても帰らない人達。病室の名札の赤い付箋《ふせん》。
それで充分だった。

「終末期癌病棟」

ここはそうなのだ。

「……こんなこと、気がつかなくても……」

必死。それは死にたくないという事。それが良き患者でいさせる理由。全てが伝えられないのは承知していた。だが、釈然としなかった。

その日の午後は、私は必要なこと以外、看護師と口をきかなかった。


薄暗い雪の日が続く。いつの間にか夜になり、朝が来て、暮れて行く。その繰り返し。ここには白と黒しかない。窓外の雪景色は壁や天井の白さを際立たせ、時と共に暗闇が侵食してくる。そして、スチームと酸素の音がその二つを織り上げていく。光と音の虚無の幻影。あらためて思う。こうして、寝顔を見続け、寝息を聞き続けること、それ自体が奇跡なのだと。目を覚まさないからこそ、多くの事を伝えてくれている。言葉にはならない価値あるものを。命を削ってでも伝えなければいけないかのように。

私の中に見つけた不思議な何か。今は分からないが、これからの時間の中で育んでいくべきものだと思っていた。

間もなく、私はこの人を失う事になる。だが、今、私を捉えているこの感覚が、証として残されるのだろう。

何かが違っていた。ついにその時が来たと思った。ふつう思い描くその瞬間とは違いすぎた。昏睡三日目が終わった朝の事。思わずナースコールをする。

「どうされま

――『大変です、め、目が！』――

した……」

看護師が言い終わる前にマイクに向かって叫んでいた。

「落ち着いて下さい。目がどうされましたか？」

「え、目が、め……あれ？」

「どうされましたか？」

「あ、開いてます……目が……」

「目を覚まされたんですね？」

「あ、は……い」

その時、はじめて母が生還した事に気がついた。ベッドの頭側のマイクにのめりながら叫ぶ私。

「……うるさい……」

脇腹を、小さな声が撫でた。母だった。

「はは……ごめん」

私はそのままの姿勢で答えた。

母はゆっくりとあたりを見回していたが、ほどなく再び眠りに入っていった。だが、もう慌てなかった。意識のあるなし。それは寝姿に現れていた。既に顔から土気色は退き、頬に赤みが差し始めていた。それは、この世で最も困難な事を成した母への報酬であるかのようだった。

やがて聞こえてきたのは、急速に近づくステンレスの医療ワゴンが発するかん高い音。

時間が止まってしまえばいいと思っていた。

そうなれば、このまま休ませてあげることができるからだ。

私達のところを訪れる病院関係者の全てがそうだった。不思議そうな顔をしていた。そして私はその顔を不思議に思って見ていた。そう起こる事でも、そういる人達でもないらしい。

「……やっぱり、危なかったのかな……」

実感がなかった。

その日は副師長が当番だった。シフトに余裕のない時か重要な案件の時にやって来る。今日はその両方のようだ。作業は多かった。だが、他の誰よりも手際がよかった。

全てが終わると、ベッドの柵に手を置き母を見つめていた。感慨深げだった。

「頑張られましたよね……」

「ええ……」

「もう、だめかというのが何度もあったんですけど、今は落ち着いてますものね」

「不思議じゃないですよ。僕がついてましたから」

彼女が顔を上げる。驚いていた。

「見送るために、ここにいる訳じゃないですから。良くなるのを当然のように信じてますから。それは、そばにいる人間にしか出来ない特権ですから」

「……失礼しました……」

「これからも、宜しくお願いします」

「はい……」

目の前の生きてる者に集中する。それしかない。そして、それを見せ付けること。それこそが意味のあること。不思議の入る余地などない。

諒解《りょうかい》

数日間の経過観察の後、食事の許可が出た。レトルトの粥を用意した。母曰く、病院食よりおいしいと。それは言っちゃダメだよと。世話を焼かせるのを楽しんでいる。やがて病院食が出るようになった。ここで恐れていた事が起こった。どうやら口に合わないらしい。最初はおとなしくしてたが、改善されないとふてくされ、食べたいものだけ口にし、そうでないものには目まで閉じて拒否するようになってしまった。スプーンを唇に押し当てても頑として譲らない。

「甘えてもいいけど、わがままはだめ」

そう言っては、半分でいいから、かじるだけでもいいからと完食させていた。

そんな、平穏な日々の中、いつしか

――こんな感じなら、このままずっとここにいてもいいかな――

などと不遜な事を考えていた時、それは起こった。

相変わらず雪雲から顔を出すことのない太陽は人知れず没していった。夜の訪れと共に退いて行くざわめき。病棟が静けさに覆われた十時を過ぎた頃。私は母を起こさぬよう寝る準備をしていた。

「……なあ……と……いれ……」

突然、暗がりの中から声がかかった。

「えっ？」

「……トイレつれてって……」

暗闇の霹靂。

もう何日も寝たきりの母は、排便はオムツの中にしていた。昏睡している間も、回復してからその後も。てっきり本人は納得しているものだと思っていた。淡々と受け入れ、「良き患者」であろうと努めていたのだと思っていた。

「なあ、お願いだから……」

その懇願する様は切実なものだった。

このまま要望を聞き入れたとしても、これだけとは限らない。便意はしても出ない事もあるし、逆に下痢なら一回で済むはずがない。そもそも、看護師なしで患者を動かす事など出来はしない。事故は免れない。ここで判断を誤れば元も子もない。

私は努めて普通に言った。

「オムツしてるじゃん……」

母は薄目のままだった。言った事が理解できてないようだ。

「オムツの中にして。その間、外に出てるから。終わったらナースコールして。看護師さんが来てきれいにしてくれるよ」

これが説明の全てだった。

「……だって、今までトイレ行ってたじゃないの……」

記憶が危篤前のものとつながっていた。

「ううん、もうずっとオムツにしてたよ」

「……だったら、もう食べない！　ずっと点滴のままでいい！」

「そう……でも、点滴でも出るものは出るんだよ」

「　！　」

母の目が大きく開いた。天井の一点を凝視している。

「……う……そ……」

「嘘じゃないよ。残念だけど……」

「だったら、今すぐ窓から飛び降りて死んでやるうぅっ！」

絶叫。そして、できないはずの寝返りを打った。

「ヤレるものならヤッてみろッ！」

そう言い放つと、私は病室を出た。

厚い鉄の扉にもたれ、足元を見ていた。背中が冷たかった。暗く長い廊下にひとり。扉の向こうから声が漏れてくる。

「なあ、お願いよ……お願いだから……」

しばらくそれは続いていたが、やがて静寂と入れ替わっていった。

おかしい。いつまでたってもナースコールがない。廊下に出てもう二十分にもなる。すぐ出るぐらいの勢いだったのに。

音を立てないよう扉を開ける。静寂。あれほどの言い争いが嘘だったかのようだ。窓は開いてなかった。暗い空間に向かって問いかける。とぼけた声だった。いくじなし。

「どおしたあ?」

あなたの息子が困ってます。助けてあげてください。

「……どおもしない……」

これもまた、とぼけた返事だった。扉から顔をのぞかせたまま語りかける。

「どおもないって、どういうこと?」

「だから、どおもないの……」

闇の中で奇妙な押し問答が続く。

「だから、なんともなかったの……」

「出なかったの?」

「そう……」


私は電灯を点けて中に入った。

「出さ……出せ……出なかったの?」

目線が同じ高さになるまで膝を折り、話しかけた。母は微妙に視線を外していた。

「うん……なんとも……」

「おなか、痛いんじゃなかったの?」

「うー……ん……でも、出なかった」

「そう……」

私は続けた。

「で、どうするの？　これから。このままずっとこんなんでいくの？」

「うん」

「うんって、出さないの？」

「そう」

「そんなことできるわけないじゃん」

「やる」

「むり」

「やだ」

「だめ」

子供の会話だ。内容はウンチ。子供そのものじゃないか。

「あの……聞いてくれる？」

「うん……」

「さっきはごめんね」

「いい」

まだふてくされてる。

「でね、要は見られるのが嫌だと」

「そう」

「それは分かるよ。猫だって犬だって、見られたくなさそうにしてるもんね。ましてや人間。しかも『女子』だからね。なおさらだよ。でね、質問。見られたくないのは、ウンチ？　それともウンチしてるところ？」

我ながらサエてる。

「……」

「よく考えてみると、出してるところを見られたくないんであって、出したものを見られるのは、そんなに恥ずかしくないいんじゃないのかな？　昔の汲み取り式みたいに。どうだろう？」

割とスジが通ってる気がしていた。

「う、うん……」

「で、ちょっと話は変わるけど、看護師さんたちのこと、好き？」

「好き」

「みんな優しくて、良くしてくれるよね」

「うん」

「で、こういうのはどお？　世話してくれる看護師さんたちは、プロ。つまりお金をもらってやってるの。という事は、ウンチしなかったらあの人達、仕事がなくなっちゃうんだよ。そんなかわいそうな事したくないでしょ？」

「うん」

　もう一息。かわいそうなのはこの私だ。

「……」

「で、旅の恥はかき捨てじゃないけど、この病院出たら、二度と会う事ないでしょ？」

「だから、いいんだよ。恥ずかしいんじゃなくて、遠慮してるんだよ、看護師さんたちに。大好きだから」

「そおなの？」

「そうだよ。それと看護師さんたちは一日何個ぐらいウンチ見てるんだろうね？　それが一年では？　過去の分も合わせると、ものすごい数でしょ？　ここのは、そのうちのほんのちょっとでしょ？　覚えてないし、すぐ忘れるよ」

「そおなの？」

「じゃ、今まで自分のしたウンチ、全部おぼえてる？」

「ううん」

「じゃ、俺のは？」

「ううん」

よし、それをあと一コ。

「で、どおするの？　ガマンするの？」

勝ちを急いだ。「いらん事を言う」と、よく目の前の人に言われたものだ。

「うん」

ああ、「う」が一個足りない。

気のせいか、かぐわしい香りがしてるような気がした。

こうなったら、力押しだ。

「この間、テレビで見たんだけど、便秘が酷くなるとどうなるか知ってる？」

「硬くなる」

「だね。で、もっと凄くなると？」

「わかんない」

「あ、どうしようかなぁ……」

ここで引く。

「なに？」

かかった。

「いや、ちょっと、これは……」

さらに引く。

「いいから」

「聞きたい？」

じらす。

「うん」

「どうしても？」

さらにじらす。

「うん」

そこで私はおもいっきり勿体をつけて耳元でささやいた。

「じゃあ、これから話すことは、ふたりだけの秘密だよ。ここだけの話だよ。約束だよ」

女性は「秘密」と「限定」と「約束」の「三だよ」に弱い。母とて同じ。

「あのね……口から出てくるの、ウンチが」

「！　」

初めて目が合った。

「ウソ！」

「嘘じゃないよ。本当だよ。考えてみれば、下が塞がってるんだから、上から出るよね、当然。確かに便秘の人って口が臭いよね」

「……」

とどめ。

「そおなりたい？」

――……「はい」か「いいえ」ではなく……――

「オムツの中か、口の中。ウンチまみれになるならどっちがいい？」

「どっちもやだ……」

「でも、このままいったら、確実にそうなるよ。どっちがいい？　どっち？」

――……二者択一、これなら……――

しばらくの沈黙の後、母は目を落としながらつぶやいた。自らを諭すかのようだった。

「……オムツ……」

小さな母の大きな決断だった。

「決まり。じゃ、もう寝るよ」

「うん……」

「おやすみね……」

私は母に背を向ける格好で布団を被った。

「おまえ……」

母が何かを言おうとした。私は聞こえないふりをしていた。彼女もそれ以上、言おうとはしなかったようだ。


しばらくしてから寝返りをして盗み見ると、その顔に安堵の色が浮かんでいるような気がした。だが暗がりなので、はっきりとはしなかった。

私の方はと言えば、いつになく疲れを感じていた。

苛且《こうしょ》

その人は、ただ寝かされていた。そして、誰も訪れなかった。白い六面の空間に浮かんでいた。荷物も無い、花も無い。白い布団の中に消えていく点滴と酸素のチューブだけが、生命のありかを示していた。

処置の間に待つ廊下。看護師が出入りする隣室。嫌でも見える。

ある夜、二時間も真夜中を過ぎた頃。廊下に立ってると突然、騒がしくなった。隣だった。ほどなくして、家族がやって来た。息子と孫が二人。いつでも来れる所にいた。だのに、いつまでも来なかった。その理由を聞いてみたかった。幼い二人の表情から、夜中に連れ出された事の意味が理解できてないのが見て取れた。

そして、あっという間に病室は空になり、遺族はいなくなった。

翌日、廊下で処置の終わりを待ってると、看護師に連れられた若い女性が歩いてきた。荷物を抱えていた。私に会釈をした。私も返した。健康そうに見えた。隣の病室に入って行った。

三日ほどして、廊下で女性に会釈をされた。私も返した。見た事のない人だった。病衣を着ていた。

それから五日ほどして、廊下でやつれた女性に会釈された。私も返した。見た事のない人だった。点滴棒を引き連れていた。

さらに一週間経って、廊下で痩せた女性とすれ違った。会釈をされたので、私も返した。見た事のない人だった。点滴棒を片手に、手すりにつかまって歩いていた。

日が進んで、ひどく痩せた女性に廊下で会釈をされた。私も返した。見た事のない人だった。点滴棒と手すりにすがって足を運んでいた。つばのない、ゆったりとした帽子を目深に被っていた。うつむき加減だった。

ある時、廊下で会った骨と皮だけの人がいた。桃色の病衣で、女性と判った。一瞥をされた。私はそのままでいた。見た事のない人だった。帽子を被り、点滴棒を杖がわりにしながら、息を切らせ、腰を曲げて手すりにしがみついて歩こうとしていた。

ある日、処置待ちで廊下にいた時、不意に隣のドアが開いて看護師が出てきた。嫌でも目に入る。二本の点滴棒から、何本もチューブが延びていた。

ベッドの傍らには、背広を着た男が立っていた。大きなキャリーバッグが側にあった。

帽子を被った見た事のない人が上半身を起こし、目を輝かせて楽しげに話をしていた。

花が飾られていた。白い空間でひときわ目に付いた。


入院の儀式。私はそう呼んでいた。何人たりとて避けて通る事はできない。それは、待合所で執り行われる。まるで恭順を誓わせるかのようだ。受ける当人もそうだが、見せられるこちらも試練だった。いつしか私は、目をそらす術を身に付けた。

身体計測。身長、体重を人前で読み上げられる事の理不尽。それがまかり通っている。

そこに、少女と老婆がやって来た。孫が付き添っての入院手続き。

さわやかな風が吹いた。

向かいのソファーに座っていた私は、目を伏せた。視界の上側に体重計に載る足首が見えた。皺ひとつなかった。思わず顔を上げる。

立っていたのは、少女の方だった。

恥ずかしげに笑っていた。その手を取るおばあさんは、優しく微笑んでいた。

そよ風は、やむ事はなかった。

素養

その人と会うことなくいきたい。でもそばにいてほしい。そんな矛盾の人。
敬意をもって呼ばれるその人、「看護師」。

名前で呼ぶ必要はない。その職名で十分。名前を覚えている事を知られてはいけない。そぶりもいけない。毎回、病室で繰り返される自己紹介から始まり、ドアの閉まる音でその関係が終わる。それが毎日でも、連続でもいい。だからこそ、それがいい。「名前を覚えられている」という余計なプレッシャーを与えることなく作業に専念できるように。
ゆえに私は看護師の誰に対しても「看護師さん」と呼ぶ。それが私自身に課した守るべきマナー。

「看護師さんは、『処置よし、寄り添ってよし』の人ですね。サッカーで言うところの攻守のバランスの取れた司令塔的な存在。仲間から慕われ、上司からも目をかけられてっていうような人」

「……あ、ありがとうございます」

その表情に、はにかみが見えた。

初めて見たときから、その存在感はピカイチだった。ベテランと呼ぶにはまだ早い。いわゆる中堅どころ。だが抜群の安定感。そして頭脳明晰。処置も適確。安心できる、の一言。母もごく自然に甘えている。ただ、ひとつだけ不満があった。この人、忘れた頃にしかやって来ないのだ。

「でね。まあ、シフトの都合であまり来れないにしても……思ったのは、何でそんな人がリーダーじゃないのかなぁ？　って……」

私は母の様子を確認した。寝ていた。

「今のリーダーはＩＣＵ（集中治療室）に勤めていた事もあるって言ってたし、年齢・経験・実力からいって当然の事とは思うんですけど、看護師さんがサブリーダーですらないのが不思議なんですよね。看護師さんぐらいの実力なら、他の人の指導もできるし、むしろしないといけないと思うんですけど。いわゆるメンター（師匠）として。上の人は解ってるんですかね？」

　嬉しそうだった。

「僕には人材をすり潰しているようにしか見えないんですけど。その割には悲壮感はないし、かといって泰然としている訳じゃないし、むしろ余裕を楽しんでるように見えるのは……」

　その顔は驚きに満ちていた。何かは分からないが、核心を突いていたのだ。そして、遠慮と誇らしさが重なった複雑な表情で、彼女は言った。

「実は、勉強させてもらってるんです」

「何の？」

「終末期看護を……」

　その言葉で全てを理解した。

「すると、こういう事ですか？　今後、この病院はターミナル・ケア（終末期看護）を主軸にしたホスピス的なものにシフトして行こうとしてる訳ですね。富裕層を対象にした経営にして病床を絞っていくと。海外からの先端医療受診者も取り込んでいくと。その準備として人材を育成するために研修に出されてるという事なんですね」

「そうです……」

「なるほど、それは世の流れだし、仕方のない事ですしね……」

　私は一呼吸置いた。落ち着くために。

「でも……だとしても、それは上層部の話であって、現場には関係ない事でしょ？　それを理由に手控えしてたとしたら、そんな事は頭から外した方がいいんじゃないんですか？　現場を息抜きにされたんじゃ、こっちがたまらないですよ」

「と、いいますと？」

　彼女が目を上げる。

「終末期看護って、今まさにこの事でしょ？　これを見て何とも思わないんですか？」

　母はこの何日か眠り続けており、顎が外れんばかりに口を開けて、大いびきをかいていた。その舌はトカゲの背中を思わせるウロコ状になって乾燥していた。

　最初から、言葉を用意していた訳ではなかった。だがとめどなく出てくる。母の向こう側にいる彼女に語りかける。

「僕が言いたいのは、出し惜しみしないでって事ですよ。セミナーも結構。勉強会もいいでしょう。でも、現場に立った時は学んだ事を活かせる立場にあるし、新しい看護技術を開発する事もできるじゃないですか。わからないでやることよりも、わかっていてやらないでいることのほうが、よくないことなんじゃないんですか？」

彼女は私の目を凝視していた。

「看護師さんぐらいの方だからこそ残念に思います。他の人だったらこんな事は言わないですよ……」

充分だった。伝わったのだ。彼女はタオルを小さく折りたたみ、顎に添えるように挟んでくれた。意識づけさえできれば、母も自然と顎を閉じるようになるはずだ。

「適切ですね……」

それ以降、母の口は大きく開く事はなくなり、私の心配事は一つ解消した。そして、この将来のメンターは、私の有力な理解者となり、その後も何かと力添えをしてくれた。

「あの……今日は……青い日です……」

「えっ？」

くるまの娘。目が合う。顔がほてる。

「あっ！　いえ、そうではなくて……」

「……水曜日って事ですよね……」

「……そうです……」

母のベッドを挟んで、うつむき合っていた。不思議は無用だが、不思議ちゃんは有用だ。

何日かおきにしか目を覚まさなくなった母。記憶も保てなくなっていた。薬の影響だった。その事を知ると母は酷く落ち込んだ。現世から少しずつ遠のいているのを実感したのだ。

月――白。火――橙。水――青。木――緑。金――黄。土――茶。日――赤。

それは、母との決め事。私は曜日ごとに色の違うバンダナをネクタイの代わりに締めていた。手芸好きの母は色彩には反応する。

「さっき、緑だったじゃない……なんで、赤にしたの……？」

受け入れられないものだけは残った。

そして、今や私の感覚も引きずられるように狂い始めていた。決め事の塀から、そろって落ちようとしていた。

内省

「あれぇっ、お久しぶりです」

その日の午後の当番は副師長だった。

「今日は、めずらしいですね」

「いいえ、シフトの関係でこういう時もありますよ」

「そうなんですね。でもこうやってベテランの方が来てくださると、嬉しいですね」

手を休めずに対応してくれている。

「ありがとうございます。ところで、息子さん、長いですね。付き添いされて」

「長いですか?」

「ええ、ここまでの方は初めてですよ」

手を動かしながら、そう言う。

「お仕事とか、大丈夫ですか?」

私は、一呼吸置いて言った。

「辞めました」

手が止まる。

「えっ？　お母様のためにですか？」

看護師が入れ替わる度に同じ質問をされるのに辟易していた。興味本位か値踏みか。おそらくその両方だろう。なので、つど明確に答えなかった。母の扱われ方を思って、不愉快さを表に出したくなかったからだ。だが、今回のは違う、思慮を感じた。それがこの人をこの立場に押し上げたのだ。よって投げ捨てるようにはしなかった。しかし、出てきた言葉に自分でも驚いた。

「そうです。仕事は世の中に数あれど、母は一人しかいないんで、当然です」

真っ直ぐ私を見ている。

私は続けた。

「誰もが望んでも出来ない事に取り組んでると思ってるんです。そして、他の人がうらやむぐらいの看病をしてみせますよ。こんな子供が私にも欲しい、って思わせるぐらいの……何より……母に、こんなことなら女の子を産んでおくんだった、と絶対に思わせたくないんです」

その笑みは穏やかだった。

「ですから、できる事は何でもやるつもりでいますので、遠慮なく言ってください」

そう言って、終わりにした。

「……こちらこそよろしくお願いします」

そう言うと、処置を終えた彼女は退室して行った。


事実は違った。ただシーズンオフのある仕事に携わってるだけだ。だから長期休める。それだけだ。だが、全てをつまびらかにする必要などない。一言「辞めた」と言っておけばいい。明日には共有されてるはず。組織の実質トップの言は尊重されるべきだ。

生者と死者はどうでもいい。その境界線にいる者に集中してほしい。そもそもそんな「純粋・真っ直ぐ君」では耐えられるはずもない。

この日を最後に私の去就問題について詮索してくるお節介はいなくなった。かくして私の熱かったストーブリーグの幕は閉じた。


ところが、ほどなくして、思わぬ形で反応が現れることになった。

とある夕方、用事があってナースステーションへ行った時の事。帰り際に呼び止められた。師長だった。

「息子さん、いつもお風呂とかどうされてます？」

突然の事で驚いた。一応毎日、着替えはしていたし体も拭いていた。だが、ホテルにはもう何日も戻ってない。私は恥ずかしさもあって、半分嘘をついた。

「ええ……まあ、毎日、体は拭いてますし外出した時にホテルでシャワーを浴びて戻って来てるんですけど……臭かったですか？」

シャツの脇の辺りを嗅ぐ仕草をする。笑ってる。すると、思いもかけない事を提案してきた。

「シャワー使われますか？　いちいちそんな事してたら、大変でしょうに。ウチとしては問題ありませんですよ」

丸い眼鏡の奥で、目が微笑んでいた。

驚きだった。

「どうですか？」

いつの間にか副師長が脇に立っていた。

「よろしいかと思いますが。付き添い頑張ってらっしゃるし、ぜひ使って下さい」

後ろに控えてる他の看護師たちも笑っていた。

「あ、ありがとうございます」

それ以上は必要なかった。嬉しかった。シャワーもそうだが、私を認めてくれたという実感が、そうさせていた。


久しぶりだった。使える時間は全ての入院患者が済んでからの二十分。充分だった。

しばし、放たれるお湯に頭から打たれていると、ふいに別の液体が流れてきているのに気がついた。普通は出てこないものだ。それは次第に私の身体を絞り上げるようにして、とめどなく流れ出てきた。私は声を押し殺していた。涙だった。

この時から、この小さな個室は他では得がたいものとなった。一人になる事、そして涙する事。母の前では許されない。この音が、しぶきが、慟哭を覆い流してくれる。

まっすぐ君は泣き虫だった。


そんな日が続いた後、師長に声を掛けた。

「師長、シャワーありがとうございます。とても快適です。師長はこうなる事を分かってらしたんですね」

「え、何の事ですか？」

「いえ、あそこでしか泣けないって事ですよ。そのためでもあったんですね」

「えっ……」

眼鏡の向こうで目が潤んでいく。

「あっ……」

「……そうでしたか、……それは良かったですね……」

そう言って目尻を拭いながら、

「こちらこそ、喜んでいただいて嬉しいです。応援してますよ」

他の看護師も感極まってたようだ。


廊下を歩きながら、もう自分の事について話すのはやめようと思っていた。母の看護に集中してくれさえすればいいのだ。出すぎてはいけない。ひねくれ者でいいのだ。

挽回

――せわしないところだな――

――だからなんだろうな――

粗雑の御簾《みす》。病室に下がる。

――たまらない――

「あ、忘れてた」

投薬忘れを指摘しての返事。仕事に執着と執念がない。愛がない。

――我慢ならない――

食事毎前後に看護師が持参する薬。一日計六回分。三交代と相まっての事。原因はここと睨む。

レポートを預ける。「投薬の管理方法の一考察」。

ほどなくルール付けがなされた。六つに区切られた小箱。一日分の薬をセットし、朝の検診時に病室へ。私が食事毎に薬を飲ませ、開封済みの袋を捨てずに元に。夕食後の検診時に箱ごと回収。そして投薬の実績を確認・共有する。これだけ。

人ごとに違う気遣い。仕組みづくりはあらゆる場面で導入されるべき。防げないミス。ならば頻度と度合いの低減に注力。

忙しくて亡くしているのは、心。モノ・コトではない。それに気づくココロの余裕を得る事が、仕組みづくり最大のメリット。

花は壁を彩り、蝶も寄り添っていた。そして、鳥は窓に舞い、魚も跳ねていた。

――作り続けることができる間は、正常でいられる――

そう信じることにしていた。

やがて、当番でここに来るのを楽しみにしてると言われるようになった。癒しが必要なのは看護師も同じであることを知った。

母の肩に羽織を掛ける。花が、蝶が、鳥が、仲間が増えたと喜んでいた。


その日、風が吹いた。

今度は私の番だ。幼い頃にした自転車の練習を思い出していた。手など離すものか。怯える事がない様、母の乗る車椅子をゆっくり押した。

頬をなでる空気は、冷たくも新鮮だった。

ナースステーションにたどり着く。皆、驚いていた。そして歓迎してくれた。母は、

「うん……うん……」

と、うなずいて、それに答えていた。そこには静かな生命のほとばしりが、輝く優しさがあった。それは、初めての散歩。廊下だけだが、それで充分だった。たった一日だけの事。

それでも、それでよかった。


しかし、その日が終わる前に、急変した。熱発。原因不明。何枚もの毛布が掛けられたが、その震えは止まらなかった。電気毛布まで持ち込まれた。母は歯を鳴らして耐え、私はそれを見て忍んでいた。収まるまで二日を要した。

良かれと思ってしたのが、あるいはそうなるところで、ということなのか。容赦のない現実に置かれている事を感じていた。

――おかしな話だ……――

私は量りかねていた。付き添うそぶりも見せず、病棟の外に行ってみては、と再三勧められた。何かあってはと、それを断った。その時、垣間見えた不満げな表情。担当看護師の真意はどこにあるのか、と。

「もう、だいぶ濃密な時間を過ごされたのだから充分だと思いますけど……」

途方も無く疲れを感じたある夜、たまりかねて担当に気構えを尋ねると、そう切って捨てられた事があった。気だるい表情。不逞の人。そこはナースステーションではなく、場末の安酒場のカウンター。そして、ふてえ態度で客をあしらおうとする女主人がいた。

疲れてるのは私だけではない。そう理解するに留めた。ただ、何を指して濃密で、何をもって充分というかは謎だった。

「……しまった……」

買出しから戻り、病室のドアを開けた時、思わずつぶやいた。漂う微妙な空気。母の目が怯えている。油断していた。暫く見なかったので、もう来ないものだと勝手に思い込んでいた。そんな訳はなかった。「担当」看護師はこの人なのだ。母の顔は笑っていたが、それは僅かな力を振り絞ってのものだった。こんな時まで、おもてなしの心を忘れない姿はかえって痛々しかった。私はしばらく、その様子を見ていた。すると、担当が言った。

「お母様も、もっと良くなったら大部屋に移って、みんなと仲良く出来るようになりましょうね」

母の笑顔が固まった。たまらず、私は問う。

「それ、看護部の正式な方針ですか？　それとも、あなたの個人的な考えですか？」

「あ、いえ……」

会話はそこで終わった。処置は私が戻る前に終わっていた。

すでに何度も、不当な扱いを受けていた。

その体格を利した言動は患者をいい様に扱うためのものだった。もともとそういう人が看護師になって、たまたま担当になっただけの事。そう割り切る事にしていた。

ある夜のこと、

「看護師さん、代えてもらおうか?」

と、尋ねた事があった。母は驚きを隠し切れてなかった。しばしの沈黙の後、暗い壁を見つめたまま、

「……いい……」

と、返してきた。そのためらいに、母の気持ちを見て取った。


そそくさと担当が退室して行った。言いようのない虚しさの中に、私達は取り残された。布団を深く被り、目をつぶっている母。震えていた。その顔に両手を添え、覗き込んだ。

「大丈夫。オレが絶対、大部屋なんかに移させないから……」

母は潤んだ瞳で、まばたきをしながら小さくうなずいた。涙が流れ落ちた。


切れ者。それが第一印象。愛想はない。処置の時に見せる鋭い目は只者ではなかった。

「あの人の時は、ちゃんとしてようね」

と、母と打ち合わせをしていた。

だが次第に、その職務への誠実さと、芯のある優しさを知るにつれ、絶大な信頼を寄せるようになっていった。「ザ・ナース」。私は密かにそう呼んでいた。

それが、看護部のリーダー。

翌日、数日ぶりに現れたその人を前にしてためらった。だが、これを逃すと次はない。

「看護師さん。もし、母の今後の看護の方針について相談したかったら、どうすればいいですかね?」

「それは、担当の看護師にまずは話してみてください」

予想通り、にべも無い。

「いえ、その相談する人について、相談したいんですけど……あの人の上長は、リーダーである看護師さんですよね」

目が横に揺れた。思い当たる節があるのだ。

「例えば、母がこの先、良くなったとして大部屋に移される様な事ってあるんですか? そもそも、良くなるんですか?」

「えっ、それは……」

母に聞かれても構わなかった。ここにいる事ができなければ良くなるはずもない。

「普通に考えたって、そんなのあり得ないですよね……」

彼女が細い眼鏡の向こうから私を捉えている。鋭い目つきとは違っていた。

「それを……」

「そうです、その相談すべき人に、そう言われたんです。母が……」

「……」

「人間関係を作るために入院してる訳じゃないですからね。退院したら切れるんだし、どうせ、狭い世界でアタシが一番、アナタが二番ってなことになるんですから。そういうのがストレスになるんじゃないんですか?」

「……」

「実は、他にもいろいろありまして……。僕の事も含めて、やたら個人的な事を聞いてきたり……。それって、看護に必要ですか? 母を助けるためなら何でもしますけど……。それと、生活態度を細かく指摘してきたり……キチンとできるぐらい元気ならこんな所にいないですよ」

「……」

最後まで話させてくれるらしい。

「恐らく、今、治療の最大の障害になってるのはそこなんですよ。結局、親分がそれだから、その下につく若い方たちは萎縮するか、放漫になるかしかないですよね。僕の見る限り、もう二つに分かれちゃってますよ。今なら、修正できると思うんですけど……」

言い過ぎたかと思ったが、その真剣な眼差しを手繰り寄せることに集中した。

「……分かりました。教えて頂いてありがとうございます。これから部に報告して、対応を考えます」

やはり、「ザ・ナース」は男前だった。

付添い人は交渉人でもある。物言えぬ患者に代わって有利な条件を引き出す事。この時、私は自覚した。

リーダーの後ろ姿を見送っていた。それまで暗鬱としていた病室が、不思議と明るくなっていくのを感じながら。


翌朝、ナースステーションが丸ごと病室にやって来た。師長以下、副師長、リーダー、他の主要なメンバーが揃っていた。

現担当は外すとの事。恐縮した。反省してくれれば代える事はない、と伝えた。だが、「一日、そうなったら修復は無理です」と師長。また、「よく、言ってくださいました」とも。

皆の表情と、その言葉。やはり手に余っていた様だ。大部屋の件は「ありえない」「不謹慎」と言い、謝罪してくれた。新担当はベテランと中堅のペアになるという。

打ち合わせ後、廊下で前担当とすれ違った。目をそらしていた。特に気にする事はなかった。修復は無理なのだ。ただ、その暗い表情から、事態の深刻さを受け止めあぐねてるのが見て取れた。すぐに変われるし、すぐには変われない。その人次第。

その日を境にして、廊下に響き渡る何かを威嚇するような大声は聞こえなくなった。病棟は斯くあるべきだと思っていた。

それから、三日ほどして前担当がやって来た。断る理由はない。母との問題なのだ。

「おかあさま、ごめんなさいね」

いつもよりかは控えめな声だった。

「……い、いい……」

母が手を伸ばす。看護師は両手で握っていた。互いに見つめ合っていた。

「励ますつもりだったんだけど……」

「う、うん……いい……」

遠くでナースコールが鳴っていた。

「……じゃあ……」

「う……ん……」

いつもより小さく見える後ろ姿を見送った。

「良かったね……」

「……」

母は既に目を閉じていた。

苦い想いしか残らなかった。

星

人は、あとわずかしかこの世にいられないとしたら、何を望むのだろう。

日々、去り行こうとしている母のそばにあって、その想いが私を捉えて放さなかった。

窓の外の雪景色。空の灰色は病室まで侵食している。それが時とともに明度を落とし、やがては墨色へと変わっていく。

午後の処置を終え、足早に暮れる冬の夕刻。私は補助ベッドに横たわり、母の寝息に耳を傾けながら白い天井の移ろう様を眺めていた。

その時、不意におののきが、全身を駆け抜けた。

――この人は、もう星を見る事はない――

それは、生きてここを出ることはない、という事。分かっていたつもりだった。だが、皮脣の下のわななきが、私を嘲っていた。

まるで私達を拒むかのように降り続く雪。時折やんでも曇天。青空は遥か彼方のものになっていた。ましてや星空など望むべくもなかった。

もはや寝返りも出来なくなった母、もう起き上がることはないだろう。

――見れない。見に行けないのなら、持ってくるよりない――

「探してくるよ……星空を……」

寝息の母にそう言って、病室を後にした。

あてはなかった。小学生の時分、校門の外で売っていた「科学の本」。そこに載っていた傘と懐中電灯で作るもの……母を絶望の淵に立たせてどうする。雑貨屋の前で思い留まった。

もっと「らしい」ものでなければ……。

たどり着いたのは件《くだん》の書店だった。

「嘘だろ……」

そこは天文分野の書棚。この時でなければならないものと出会えるという事実。偶然か必然か。

そこには卓上プラネタリウムの製作キットが輝いていた。

完成後、映し出すであろう星々の瞬きよりも眩しいほどに。

――来た、見た、買った――

深部から湧き上がる大きな震え。次第にそれが、表層に残るざわめきと入れ替わっていくのを感じていた。

――何を始めたのやら――

背中に感じる視線。寝てる間に完成させようという目論見は崩れていた。

進まぬ作業。日没まであとわずか。気ばかりが急く。

難物だった。五角形×十二枚の組み合わせ。正十二面体。見事なほど実用性のない形。教科書でしか見たことがない。わざわざ実体にするなんて、何かの冗談に違いない。

途中で投薬や食事の世話を挟み、看護師の不審の目にも耐え、あたりが薄暗くなる頃には完成を見る。

しかし、母はまたうつらうつらし始めていた。

既に闇は病室を訪れていた。躊躇。だが、いずれ目を覚ませなくなるのだ。今しかこの謎の物体に出番はない。

肩口に手を添え、ゆり起こす……点灯。

「……ふっ、うわあぁーっ！」

叫ぶ母。広がる輝き。星空に放たれた二人。

天井も壁もベッドも医療機器も床も、果ては私たちも、漆黒の闇を穿つ無数の星々に染め上げられていた。

意識が肉体から離れ、浮遊していた。私達は宇宙と同化していた。

「すごいっ！　すごいっ！」

事実ではなく認識が、感激こそが永久に残る真実。そこにあるのは摂理。受け入れざるを得ない圧倒的な力。そして刹那の中に感じる永遠。

今、私達を悩ませている数々の痛み、苦しみ、悲しみは既に知られているものである事を理解した。

私達は大いなるものに抱かれていた。

これこそが、望むべき真理。

母は手を伸ばし、星に触れようとしていた。瞳の中に宇宙が輝いていた。

それ以来、眠りにつくまで天空の星を回すのが毎夜の愉しみとなった。
かつて私が幼い頃、母があやしてくれたように。

隠処《こもりど》

まるで水飲み鳥。なのに飲めない。筋肉が無くなった母の細い首。飲み込むごとに伴う激しい痛み。水さえも。嚥下《えんげ》障害。誤嚥防止に液体にトロミをつける粉末を混ぜ吸飲みを使うも、無意味。量と粘度が上がるため口腔での滞留時間が延び、反って筋力がいる。本末転倒。そもそも吸い込む力がない。厄介。

別の方法を。ゼリーでなくメレンゲ。液体に空気を混ぜる。ここで、この病室で、この私の手で。さて、それは……。

——カラーン！——

——カラ、カラーン！——

——シャカ、シャカ、シャカ、シャカ、シャカ……——

それは魂を癒す音。

相克《そうこく》から相生《そうせい》。天啓。

生まれる新たな驚きと感動。


星の輝きでない。生気溢れた陽射しでない。

そこは暗く狭い部屋。だが、眩い。

無数の小さな燦めき。待ち明かす。その時まで。

輝きが、彩りが、調和の中に密やかに発現することを。

それは交響楽団のごとく。

ひとつも欠くことなく。担わされた使命で全体との調和を目指す。

完璧な融合は、新たな実体として現出する。

――カクテル――

命の水のオーケストラ。

それを指揮するのは、バーテンダー。

シェーカー。混ぜるのみならず、冷やすのみにあらず。それは泡立てるもの。それこそが得難い。

完璧にシェイクされると、全く新しい飲み物となる。コクもキレも苦味も甘味も酸味も全てを収めつつ、それらを超えた味わいとなる。口に入った瞬間、広がるは甘美。至上の幸福感で魅了する。たとえ、ノンアルコール・カクテルであっても、「酔う」事が出来る。

一見、無関係と思われていたものが、結び付くことがある。病院とバー。それを結び付ける言葉、ホスピタリティ。

それは、奉仕。世界にひとりのゲストのために。どんなに優秀な医療従事者も、精緻な器材も、真摯な遊び心と、凛とした輝きの器具の代わりはできない。

そして造るは、『病室カクテル』。

吹雪の中、街道沿いに大型家具店を見つけた。こういった所は高級家具に相応しいお洒落な調理雑貨も揃ってるものだ。間違って仕入れてあるはずだ。勢いで作ってしまったホームバー用に。

迷う事はなかった。輝くグラスやシルバーの棚の隅にそれはあった。「カクテル・バー・

ツール・セット」。案の定、箱が色褪せていた。それと二脚のグラスを手にレジに並ぶ。

「プレゼント用ですか？　それともご自宅用ですか？」

と若い女性店員が聞いてきた。

「いえ、病室……自宅用です」

そう答えながら、この地方の商習慣でそう聞かれる事を思い出していた。

「さようでございますか。では包装は簡単ですが、華やかなものにしておきますね。どうぞ、お大事に」

と、微笑みと一緒に品物を渡してくれた。外は相変わらず吹雪いていたが、さっきと違って、その風は優しく感じられた。


――また、何をするのやら――

背中に刺さる母の視線。さっきまで寝てたのに……前にもこんな事があったなと思っていた。病室の入り口の脇に置かれている小さなテーブルに店を広げる。

シェーカー、メジャー、バースプーン、スクイーザー、そしてグラス。そのどれもがここには相応しくない。だが、その小さくとも美しく輝く様は、暗闇の中の光明のようだった。

母が見ている。初めてのカクテル。私がシェーカーを振る姿を見るのも。放蕩息子の晴れ姿。私は既にバーテンダーの姿をしていた。帰りしなに寄った古着屋で、それっぽいものを見繕っていた。

深呼吸。動作に気をつける。せわしなくてはいけない。ゆったりとおだやかに。それでいて鋭く。それは演出だけでなく、味わいにも影響する。

空気が一変する。既にここは病室ではなかった。『ハイド・アウト』。何人たりとも立ち入る事が出来ない空間。

通常の手順はとらなかった。氷は無用。シェーカーを長く振り続けた。ひたすらまろやかに、そしてぬるくなるように。喉ごしが全て。軟らかく、温かく。そう念じた。音が変化してくる。やがてそれは、それ以上混ぜようがない事を伝えてきた。

——シェーカーは耳で振るもの——

経験は無駄ではなかった。

レシピは単純。病院で手に入るもの。それに一手間加え、新しい味を作る。

ヨーグルトドリンク、大メジャー二杯。スポーツドリンク、大メジャー一杯。シェーカーに投入。そして嚥下用ゼリー粉末をバースプーンひとさじ。それをムース状になるまでシェイク。腕を上げ、首を反らさなくても飲める口広のシャンパングラスに注ぐ。仕上げにコーラを小メジャー半杯、滴下。発泡。

試飲はしなかった。すべて思いつきだったが、自信があった。時にはそういったものを信じてみるのもいい。そしてこういう状況では、大概、当たるものなのだ。

「……どうぞ……」

「……」

無表情の母。その薄い眼差しに期待は見えなかった。両手でグラスを持つ。手助けなし。自分の意志で飲む事に意味がある。震える手でグラスを口元へ。唇をすぼめて一口。

瞬間、目が大きく開く。

「おいっしいぃぃいっ！」

母はグラスを両手で胸の前で持ったまま、目をつぶり天井を仰いでいる。

それは入院してから、いや一緒に過ごした二十数年の中でも初めて見る表情。

母はその味に、私はその喜び様に驚いていた。

おかわりを求めてきた。そしてレシピをメモしておくようにとも。覚えてるから大丈夫と言うと、「たまには親の言うこと聞きなさい！」と叱られた。

その日以来、母は誰彼構わず振る舞おうとした。私の都合は関係なかった。だが、それで良かった。感動を分かち合おうとする姿勢。それが命の日延べとなるはず。

カクテルの名前は程なく決まった。とりわけ母に良くしてくれている看護師がいた。その胸に付けていたバッヂから拝借した。

——『HOPE & CURE』——

（ホープ・アンド・キュア／希望と癒し）

それは、終末期看護のモットーだった。

雪

この日を待っていた。

未明から降り始めた大雪。窓辺から厚く積もる様を見て、私は病室を後にした。

ここの敷地は広く、公園のようになっていた。植木と芝生、そして石畳の小路ぞいに木製のベンチが置かれている。今日はそのどれもが白いシーツならぬ厚手の布団が掛けられてるようだった。

膝まで積もった雪を掻き分け、小山の様に盛り上がったベンチまで進む。

私が紙袋から取り出したのは、食品保存容器。蓋を外し、器で雪をすくった。


——見るもの聞くもの、全てが最後——

その事に気づいた時から、そうすべきと思って準備していた。

母は目を覚ましていた。私を見るなり言う。

「雪だってのに、どこ行ってたの？」

「うん、ちょっと……」

「なに？」

眉間の皺が問う。

「これ……」

紙袋から容器を取り出し、蓋を開け、目の前に差し出す。

「雪？」

「そう」

「ふーん」

ひとつまみの雪を、手に載せる。

「あは、ちべたい」

しばらく両手でもて遊んでいた。あっという間に雪は消えてしまった。

厳しい顔も融ける。

「もっと」

今度はピンポン玉ぐらいの大きさを渡す。

「ふーん、きれいだね」

転がしながら感触を楽しんでいる。

「そう、これをね……」

街並はもはや見えない。

「ありがとう」

タオルを母の手と布団の間に置く。

「もう一個」

大きめの塊を渡す。しばらくそれを眺めていた。

すると突然、しゃぶりついた。

「あっ！」

見る間に顔が縮まる。

「……まずい……」

目が合った。

「おまえも……」

母が雪を差し出す。

黙ってそれを受け取り、口に含んだ。しょっぱかった。海は雪で見えなかった。

だが、遠い夏の日の午後。

「ないしょね……」

そう言って、二人で食べたアイスの想い出が甦った。

大会《だいえ》

「息子さん」。それがこの病棟での私の通り名。主役は母なので私が名字で呼ばれる事はない。かといって、下の名前で呼ばせていたら、「一体あそこでは何が行われてるんだ?」と噂される事だろう。

ところがある時、久しぶりに違う呼び名をされた。それは車で買出しに出掛けた時の事。しかし、どうにも眠くなり公園の脇に停車した。ほどなく緊張も緩み、睡魔が誘う。喧騒も寝息も渦となって虚空に吸い込まれていく。そして、奈落へ――。

――コン、コン――

不意に窓を叩く音がした。奈落の使者か。

見知らぬ風景に驚いた。何故ここにいるのか解らなかった。手足の指を恐々と動かしてみる。事故ではなかった。安堵。次第に耳が通じるようになってきた。エンジンが静かに回っていた。

その二人組は、サイドウインドウから私を覗き込んでいた。意識と焦点が交差する。警官だった。

やはり奈落の使者だった。


目深に被ったニット帽、革ジャン、やつれ顔の無精髭、そして他県ナンバー。職務質問しなかったらアホだ。

「ダンナさん」

「は?」

一瞬、誰の事か分からなかった。

「いえ、ムスコさんです」

「は?」

今度は向うが声を上げる。不審者にムスコじゃ、変態だ。

思い出した。警官は男性に対しては年齢関係なく「ダンナさん」と呼ぶ事を。

「免許証を拝見します」

言われるがままにした。手元がおぼつかなかった。

「いえ……寝ぼけてました。実は……」

事情を知ると、二人の態度は和らいだ。

「大変でしょうけど、頑張ってください」と、ありきたりの言葉を残して、去って行った。

病院に戻る。すると今度は待ち構えていたかのような「ムスコさん」の連呼。わずか半日の間で六十年ぐらいイッテコイした感じだった。

思えば、頼りない「ダンナさん」に、頼れる「ムスコさん」は世の常。だとすれば、この呼び名も悪くはないなと、ひとり合点していた。

境界

母が不意に熱を出した。雑菌による感染の疑いがあるという。突然の師長の来室。処置目的ではないのは明らかだ。シェーカーとグラスに目を落としたその様が、私のカクテルがやりだまに上がってることを示していた。

「器具とグラスは熱湯に晒してから使います。材料は開けたてのもので、余ったら私が飲んで使い回しはしてません。こんな感じですけど、問題ありますか？」

「いいえ、ありません」

「……私より、ご自分たちを疑った方がいいのでは？」

師長が怪訝な顔をする。

「……と、いいますと？」

「置き忘れですよ」

「何のですか？」

それは、その場にあってはならない物。初めは我が目を疑った。専門家でなくても判る。私はあえて、言う事はしなかった。垣間見える余裕のなさに、同情したからだ。だが、それが頻発するにおいて、嫌がらせをされてるのでは、と思うほどになった。

オムツ、手袋、いずれも使用済。しかも出所不明。毎週最低数回。その置き忘れ。


師長の顔が見る間に青くなっていく。

「今まで、黙ってましたけど」

「本当ですか？」

「本当も何も、証拠だとか言って、取っておく訳にはいかないでしょ？　見つけたら、即、ポイしてましたよ、医療用ゴミ箱に。『清潔の観点』ってやつです。ウチだけって訳じゃないのと違いますか？　順繰りに置いてきてるんですよ、きっと。処置で病室回る度に。実際、ウチで使ってない種類のオムツもありましたからね。いちいちあげつらって、居づらくなるのも嫌だから、我慢してましたけど」

あえてあけすけな物言いをした。

「……申し訳ありませんでした……次、あったら必ず教えてください……」

最後にはその顔は赤くなっていた。

「『何か忘れてないか』って漠然と思って見てるから、見つけられないんですよ。『【絶対】、【一個】、【大事なもの】を【必ず】忘れてる』って、思って見ないと。それが、忘れ物防止のコツですよ。『ああ、なんで、よりによってあれを……』って、よくあるでしょ？　だから、一個だけを探せば、他も見つかるもんですよ」

その日の午後、看護部で聴取を受けた時、私はそう秘訣を披露した。

「まっ、結局は使用済みのオムツや手袋が『大切なモノ』と思えるかどうかにかかってるんですけど、無理ですかね？　そもそも見てます？」

翌日から、忙しくても必ず最後に病室を確認する姿が見られるようになった。それでも、置き忘れは止まらなかった。

誰でも「汚いモノ」とはすぐ別れたがるものなのだ。ましてや死にゆく者のをだ。その潜在意識が汚物と患者の扱いをぞんざいにさせている。汚物を病室に持ち込むこと自体がそれを象徴している。

患者との接点に存在する深刻な意識のギャップ。広がるから影響と言う。一部のことではない、全体のことなのだ。そして、それ以上に個人の努力で防ぎきれない根本的な問題があった。ここでは長くそれが続いてきていたのだ。


その光景は私を戦慄させた。深刻な事態に包囲されてる事を知った。

「マズイ！」

思わず後ずさる。総合病院の広いロビーを埋め尽くす白いマスク。迂闊。私は地下の職員用の出入り口から買出しに出かけた。

翌朝、回診に担当医は来なかった。発症して出勤停止。大迂闊。外来兼務では予想し得る事態。マスクをしてる姿を見た記憶はない。隔離されてるのと変わらないこの病棟。そのためか、その装着率も低かった。理解できたが、納得とはいかなかった。復帰未定。私は余計な事を言いそうになって唇を噛んだ。

「すると、この何日かで先生が接触した私達にも、その可能性がありますよね？」と。

判断は私の手にはない。

——パニック、院内感染！　パンデミックの前兆！　インフルエンザ大流行‼——

下世話な週刊誌の見出しが、私の頭の中で躍っていた。そのど真ん中に、今、いる。

夕食後、数時間。私はベッドで横になり本を読んでいた。母は眠っていた。真夜中まであと二時間。

突然、扉が開き、室内灯が点いた。非常事態。私は跳び起きた。朝の回診の部長医師が看護師を伴っていた。厳しい表情。

「これから、インフルエンザを抑えるため、注射を打ちます」

驚きながらも、事情を飲み込んだ。私もその必要があると。患者でない事については、「サービスです。病院の責任ですから」と返された。

注射後、渡された薬のカプセル。私はそこに小さな文字を見つけた。

「これは……」

脱脂綿で注射の跡を押さえながら、医師を見る。

「五日間の外出禁止です。この薬で押さえ込んで、無事五日が経てば問題なしです」

全ての答えが用意されていた。

本当に隔離かと思ってると、「この病棟だけですけども」と続く。

既に何週間もここにいるのに、息が詰まる気がした。絶望というには過ぎる。だが、初めて体験する身の不自由。あらためて当事者でなければ、その憂鬱は解らない事を知った。

私は「いたくてここにいる」。だが、母は「いたくないのにここにいる」。そしてこれは形はどうあれ、「ここから出る」という事でしか解消されない。外と繋がっているという実感がなければ、誰も頑張れない。

老医師は私に向かって、「病棟から出なければいいからって、チョロチョロするなよ」と笑ってみせた。まるでガキ扱いだなと、私も苦笑いで返す。見透かされていた。

二人は出ていった。隣の病室のドアをノックする音を聞きながら、私は薬を眺めていた。

「これが、そうか……」

四階のこの病室。窓の鍵を確認してから、薬を一錠飲んで布団を被った。

静かだった。目を開けるといつもと違う輝きの天井と壁があった。晴れ渡った空から日射しが降り注ぎ、春の到来を告げていた。空気は優しく、爽快さは頭の中にまで達していた。母を見る。マスクに導かれる酸素は滞ることなく噴出音を響かせ、点滴も乱れることのないリズムを刻んでいた。それは初めて見る寝顔。穏やかだった。全てが調和のうちにあった。

だが、静か過ぎた。

居心地の悪さが私を突き動かす。病室を出る。暗く長い廊下が冷気をたたえていた。命とその営みが発する熱を感じる事ができなかった。

廊下の端にあるナースステーション。そして奥の控え室。平常の風景。ただその主だけがいない。エレベーターのボタン。反応なし。開かない踊り場のドア。閉じ込められていた。人の手にならぬ悪戯。そうに違いない。そうであれば非難も届かない。待合所のソファーに腰を下ろす。

「待ち人あり」。体測計が私を見下ろしていた。

突然、響くナースコール。だがそれだけだった。出てくる者はいない。続く別のコール。変わらず。だが、静寂はそこまでだった。

やがて遠吠えの連鎖のように鳴り出した。全生命の危機。その狂奏。

私の脳を痺れさせるには充分な時間の後、それは止んだ。

すると、廊下の奥で重い金属の扉を開け放つ音が響いた。間髪置かず、あちこちから同じ重厚な音が続く。そしてキャスターとスリッパの音が警告していた。点滴棒を引きずる患者の接近を。それも尋常ではない数の。狂騒。

思わず頭を抱え込んで膝に伏せた。取り囲まれているのが気配で分かった。

顔を上げられない。

嘲笑の瀑布。

奇声が頭の中を駆け巡る。人を追い詰めることに快感を覚える本性が、人にはある事を知った。そしてそれは誰もが同じであることも。奇妙な感覚だった。する側とされる側に違いはなかった。ただ連鎖してるだけなのだ。私もどこかでやっていて、今やられているのだ。

あえぐ呼吸……わななく体……内と外の融合……興奮の極み……昇りつめる……あと少し……。

……っていた……ってのは……しだった……。

目が覚めた。

顔を照らすベッドサイドのランプの向こうに闇が広がっていた。嘲りが顔に張り付き固まっていた。口角が耳に届いていた。全身からねっとりとした汗が吹き出ていた。激しい鼓動。鼓膜の内側で脈動が響いている。

全ては夢だった。狂おしいほどの絶望と快楽。まどろみの中で、余韻に浸っていた。

窓辺に置いた腕時計を見る。明けまだ手前の四時だった。

ひとつ気がついた。むしろ、その方が衝撃的だった。それは体の一部分が、私の意志に関係なく滾っていたのだ。かつてないほどに。そして、妙に納得する自分がいた。

――大人でもこれだ……そりゃ『厨房』ならトブわ……――

私は掛けられたままの窓の鍵を見ていた。背中の汗はすでに冷たくなっていた。

「……ミフル……恐るべし……」

しばしの放心の後、布団にもぐり込んだ。

「……するって〜っと、オレ、中学生並みってことかい……」

二度目の眠りに夢を見る事はなかった。副作用もなく、少し残念だった。

翌日、仲の良いベテランの看護師にその事を話すと、「うちのダンナにも飲ませようかな……」と、つぶやくのを聞き逃さなかった。

その後、発症する事なくインフルエンザの封じ込めに成功した。だが、担当医の復帰にはさらに数日、待たなければならなかった。

矜持《きょうじ》

昔、「痛くない、いたくなーい」

今、「痛かったら、言ってくださーい」

それは、「看護師の嘘」。

子供の頃から散々だまされてきていた。だが、母の番となった時、私は看護師の側に付き、容赦はしなかった。敵は母の中にいた。そして、それは私達が具体的に制圧する事ができる数少ないもののうちのひとつ。それを積み重ねていけば、最後の勝利を引き寄せる事ができると信じて。


私達は薄いゴム製の半透明の手袋をはめる。看護師が細長い紙のパッケージから引き抜いたのは、シリコンチューブ。片方の端を吸引器の途中にあるガラスの小瓶に取り付ける。二人で息を潜めて母の顔を覗き込む。母も同じ事をしていた。寝ながら警戒をするまでに追い詰められていた。尻尾をつかむまでは、むやみに手を出せない。少ない方がいいに決まってる。だが、聞き違いのはずはなかった。私達は目配せをし、気配を消した。その沈黙は数分間に及んだ。

「……ゴロッ……」

一瞬、母の顔が歪む。「しまった」と、書いてあった。

「きた！」

私が促す。看護師はチューブを口に入れようとする。母は歯を喰いしばって抵抗する。だが、前歯が一本欠けている。

「看護師さん、ここから！」

私は口を固定する。それは奇術を見てるかのようだった。チューブは波を打ちながら、喉の奥に滑り込んで行く。ベテランの技の冴えを見ることができた。マスクの上に載った、眼鏡越しに見えるその目に決意が見えた。凄まじい往復運動で気管を探る。しばしの格闘の末、リーダーは数個のクルミ大の痰の塊を吸い出す事に成功した。

容態が安定してから始まった新たな修羅場。それが「吸痰」だった。ここまで来ながら、「窒息による」と診断書に書かれる事だけは避けたかった。私は母の息づかいと、痰の絡む音を夜通し警戒する事になった。眠りはさらに浅くなっていった。

母も見事な抵抗ぶりを見せた。歯の裏から隙間を舌で塞がれる事もあった。しかし看護師は臆することなく、鼻からチューブを華麗に流し込んだ。逃すことはなかった。

やがて、私の考えにも変化が起きた。

「看護師の嘘」は、信頼に足るものだと。ただ、信用してはいけないだけだと。


近すぎては鬱陶しい。遠くては伝わらない。距離感。それこそが、この閉ざされた世界で必要とされる能力。そして、その程よさを会得してる人は大事にしたかった。

今、目の前にいる若手の看護師がそうだ。

「これから聞く事は独り言だと思って欲しいんですけど。守秘義務があるだろうから、何も答えなくてもいいですから」

「……」

もう始めている。無言のバイタルチェック。

「ここは、癌の終末期病棟じゃないかと思ってるんですよ。毎日の様に誰かが亡くなってるみたいだし、面会時間過ぎても廊下に人がいるのは、最期のお別れに来てるんでしょ？　それに入り口の名札についてる付箋はトリアージで、ウチの場合は赤だから、見込みなしということですよね？」

「……」

手強い。

「かまいませんよ」

「で、これから先は、看護師としての考え方をお聞きしたいのですが、いいですか？」

彼女は手を休めない。点滴の交換を流れる様に行っていた。母は寝ていた。際どい話を聞かれたくなかった。

「病院で働いてる以上、患者の亡くなる現場にいることもあると思うんですけど、どういう心づもりや、考えでいるのかなと。参考になる事はないかと……」

その手が一瞬止まった。

「ストレスとどう向き合うか、ということですか？」

話しながら、要領を得なくなっていた。

「そう、そうです」

少し考えて話し始める。

「確かに私達は、人の死に直面しています。でもそれで心を乱されることはないです」

「それはなぜ？」

「なぜなら、私達はプロですから。この道を選べば成れる事はあっても、選ばなければ絶対になれない。そういう仕事ですから。最初から狭い門をくぐっているんです。選んだ時点である程度、覚悟は出来てるつもりでいますよ。皆さん」

驚いた。人の成熟は年齢とは関係ない。

「では、家族が同じようになったら？」

「それは悲しくないわけはないです。でも意識の上で看護師であることを放棄する事はないと思います。この仕事に就いた以上、親の最期に立ち会えない事は覚悟できています。また、患者の身内が医療従事者ということで、入院先の医師や看護師に気を遣わせてしまうと思うと、なおさら口や手は出せなくなるでしょうね。相手の立場や仕事の内容が解りますから」

「なるほど……」

「ですから、むしろ思いつくままに、お母さまのために何でもされる息子さんは、うらやましくさえ思っているんですよ」

長い時間をかけてする、その日のための準備。見て、聞いて、触れて、語りかけて、寄り添う。全ては自分が納得するためにあった。

「そうなんですか……」

「そういう意味では、息子さんはストレスに上手に対処してらっしゃいますよ。そうでなければ、何かやってなければ耐えられないと思いますよ。むしろこんなに長く付き添いができるのは、気力・体力もそうですけど、実はそういった事がうまく働いているのだと思ってます」

「では、このままでいいと……」

「ええ、このままやりたいようにして下さい。私達もお母様の事だけをみてる訳ではないですから」


——！——


目が合う。微笑んでいた。

「……実は、僕も『看られてる』と……」

「はい、息子さんが何か具合が悪そうだとか精神的にもう限界だとかといったことは私達には判りますから。プロですから。ですから安心して付き添いされて下さい」

「そうだったんですか……」

「そうだったんです。ですから、『がんばらないで、がんばって』下さい」

そして爽やかに笑うと、彼女は器具をしまい、

「では、のちほど……」

そう言い残して行った。

見事な距離感。

「……う〜ん……まいった……」

防遏《ぼうあつ》

降り止んだ雪は、老人達の毎日の同窓会を再開させた。窓辺から見下ろす駐車場。ヨメを御者にした小さな車が、泥を跳ね上げながらひっきりなしに出入りしていた。母もあんな風だったら。少しの事でも大騒ぎをしてくれていれば。全ては「タラレバ」だった。時は私達を押し続け、そんな感傷すら許さなかった。

私は窓際の自分のベッドに座って母の寝顔を眺めていた。背中に受ける日差し。その熱は体温と合わさり蓄積されていく。やがて、それは塊となって上昇を始め、首筋を経て後頭部に達する。顔が火照り、喧騒が遠のいて行く。

――「おまえはあぁぁぁ――、よくやっているうぅぅぅ――」――

幽かに響く、遠くで誰かが叫ぶ声。

言いようのない高揚感。満たされていく。

ときおり、視界が蒸散していく。そして蒸着。その繰り返し。虚実の交錯。やがて、目に入るものへの認識が消えていく。全ては無意味だった。

……もう……いいか……――

かすむ意識……陥落……。

――ガッ……チャ……――

鼓膜が反応。弾ける意識。戻る焦点。回るノブ。開くドア。覗く誰か。

――あ！　こいつ！――

すぐさま駆け寄る。侵入を許さなかった。顎で促し、男と廊下を歩き出した。

「あなたの事、知ってますよ」

歩きながら、私は言った。驚いていた。

「でも、あなたは僕の事を知らない」

「……」

「あの家の者ですよ」

さらに驚いていた。

「こんなのがいるとは、って感じですか」

待合所で止まった。誰もいなかった。席を勧めなかった。

「上手く上がり込んだつもりが、残念でした」

「上がり込むだなんて、そんな……」

「家人に言われたら、そうなんですよ」

「……」

「誰かに聞いた訳でしょ？　母の事を」

「……」

「まっ、誰にせよ、その後ウチに確認しましたか？　見舞いに行っていいものか」

「……」

「それもせず、来たんですか？」

「ええ、取り急ぎ……」

「それが、あり得ないって言ってるんですよ。非常識でしょ」

既に声が大きくなっていた。私はさらに促し、階段の踊り場に移動した。ドアを閉める。

「話を聞いて、どうでしたか？」

「大変なのだと……」

「そこまで知っておきながら……で、確認もしなかったと……家の方に見舞いに行くとか、やりようはあったでしょ？」

男は不満げだった。私は、それ以上だった。

「まだ解ってないみたいですね。知人とはいえ、女性が化粧も出来ないぐらい衰弱してるところを見られて嬉しいとでも？　口を開けて大いびきをかいてるところを見られて喜ぶとでも？　尿バッグを吊して、オムツをしてるのを見られて平気だとでも？　世話になった母に恥をかかせるんですか？」

「……」

「それとも、議員である自分なら問題ない、とでも？」

新人議員。実家を利用して集票していた。

「そんな、人の気持ちも解らない人間に、マツリゴトだなんて……せめて分かろうとする事が出来ないと……」

「……」

「こんな小さな事にかまけてないで、大きな仕事して下さいよ。新人だからって、員数合わせのためだけにいる訳じゃないでしょ。『一所懸命』なのは『阿諛《あゆ》』釣りですか？　分かってますか？　何のために……」

背広にバッヂがなかった。増す不快。

「政治家たる者、常に公人。その気概がなくてどうするんですか……都合に合わせてバッヂを付けたり、外したり……問題ですよ」

「……」

「ネット上で新参者が『ニワカ』って呼ばれて疎まれてますが、何故だか解りますか？『俄（にわか）』、すなわち『イ（にんべん）』に『我（われ）』。つまり、我儘、独り善がり、独善だからなんですよ」

「……」

「今のあなたが、そうなんですよ」

「……」

「あなたのいるべきところは、ここじゃないんですよ……もう、行って、自分の為すべき事をして下さい」

「……勉強になりました」

むなしい抗弁。政治は言葉。それは、使い方による。

この期に及んで「学び」はないだろ。やれ、「気付き」だ、「学び」だ、「共有」だとかまびすしいが、肝心な「考え」がごっそり抜け落ちてるのはどういう事だ。そういう事に「気付け」と、さらに詰めた。

「この事は、誰にも言いませんから。今日は来なかった事にして下さい。それと家にはもう来ないでください。約束ですよ。いいですか！」

「……は……い……」

男は搾り出すように返事をした。

期待はしてなかった。所詮、政治家。反故にする約束しかしないものだ。

ましてや、それ未満の政治屋。次回の得票数、すなわち食いぶちの事しか頭にないものだ。

男は階段を下りていった。寡廉鮮恥《かれんせんち》の人。ほうほうの体。

「だれ……」

病室に戻る。母が言う。起きていたのだ。

「知らない人。病室、間違えたみたい」

「そう……」

「もう、変な人は来させないよ」

「うん……」

小さくため息をつくと、母は目を閉じた。

私はすぐさま、当番の看護師に相談した。「面会制限」をかけてくれると言う。ついでに、情報が漏れてる可能性を指摘した。経路は想像がついていた。最後に、騒ぎを起こした事を詫び、その影響を案じると、

「問題ありませんよ。『家族の間の、よくある話みたいですよ』って師長に言ったら、納得してましたよ」

爽やかな笑顔。距離感抜群の娘。相変わらず見事だった。

石蕗《つわぶき》

病室に戻って払い切れてない雪をタオルで拭き、革ジャンをハンガーに掛ける。

「いいもの見つけたよ」

音を立てながらレジ袋をあさる。

「なに？」

「これ」

ニット帽だった。

「なんで？」

「いや、化学療法になるだろうから、用意だけでもと思って……」

母は被る事もせず、興味なさげにもてあそんでいた。そして、窓の外を見てつぶやいた。

「……春までには……大丈夫かな……」

その言葉にうろたえた。母は女性だった。

春の訪れを拒む雪が、いっそう視界を奪っていった。

その人は優しかった。体の不自由な兄弟の世話をしながらも、時間を作って訪ねてくれた。その人は母の幼なじみだった。そして、何故か母より年下の、母の叔母だとも聞いた。兄弟の多い昔は、そういう事もあったらしい。

母の喜びようはなかった。お互い「さん」づけだが、そのやり取りは「ちゃん」と呼んでるように見えた。

友達の少ない母。見舞いも限られる。幾人かの親戚の女性しか来なかった。だが、その心あるお見舞いは、雪崩のように滑り落ちて行く母の容態を喰い止めていた。

ある時、それほど日を置かず、その女性が来た事があった。少しの時間を過ごすと、母の手を握って言った。

「ごめんね。今日はね、彼のお見舞いに来たの。陣中なんとかってやつ。これからちょっと連れ出してもいいかしら?」

笑っていた。

「う……ん、うん、うん」

母が何度もうなずく。

私の不安をよそに、彼女はコートをはおる。

「さ、行きましょ」

母を見る。布団の隙間から手を振っていた。


喉を通らないだろうと思っていた。だが、胃袋は正直だった。海鮮料理で有名なこの地方、ネタが違った。全てに贅を尽くす文化は食にも表れていた。堪能した。気の置けない人との食事、気力が高まるのを感じていた。

別れ際、大きな紙袋を渡された。重かった。中には新鮮なフルーツがたくさん入っていた。

「はい、これ。あなたに。お母さんにじゃなくてね。ちゃんと食べてね」

その人は優しかった。私は一人ではない事を知った。

「叔母さんからだよ」

フルーツは母と一緒に食べた。

ある時、ナースステーションのカウンターの隅に置いてあるパンフレットを見つけた。「化学療法に関するガイドブック」とあった。

それには、必要とされる物品のカタログも挟んであった。専用の帽子がある事も知った。廊下で会釈し合う女性が被っているのはこれかと思った。工夫のし過ぎでかえって目立つのはどうかなと思った。

ひとそろえ資料を取って病室に戻った。気分が乗らなかったので、読むのもそこそこに、ロッカーにしまった。

春までに終わるどころか、始めることすらできない。今はただ、時間が欲しかった。

因由《いんゆう》

「病院伝説」。人はそう呼ぶ。夜ごと満たされない魂が病棟をさ迷っているのだと。
ここは長い廊下のはずれにある待合所。消灯時間はとうに過ぎた真夜中。緑の男が、わき目も振らず音も立てず憂いも見せず軽やかに、まばゆい光あふれる非常口を駆け抜けようとしていた。

――ろうかをはしってはいけません――

母の清拭《せいしき》が終わるのをひとり待っている時のこと。

――ペタペタペタペタ……――

奇妙な音。おぼつかなげ。冷え切った空気を伝って闇に響く。
次第に大きくなる。止まった。その距離、腕を伸ばして届くかどうか。観察されている。
私はベンチに浅く腰を掛けて、前のめりに肘を腿につけて体を支えながら足元を見ていた。

顔を上げる事ができない。横目で盗み見る。人であるなら男児。

幻覚、アレ、人間。どれか判らなかった。だが取るべき方法はひとつしかなかった。無視。それしかない。まっすぐな視線が冷気を押しのけてくる。少しでもその気を見せようものなら、大ごとになるのは分かってる。幻覚やアレなら騒ぐのはこっちで、こらえる事ができる。だが人間だったら騒ぐのは向う。止めることができない。そうなったら最後、ここにいる事ができなくなる。足音がした以上、ヒトであることは、ほぼ間違いない。

私は足元を見つめたまま、いっそアレ、すなわち幽霊であってほしいと思っていた。


どれくらい経ったのだろうか。暗闇の中の瞳は密やかに訴え続ける。見てほしいと。心臓が高鳴る。動けない。頭の中で額の汗を拭う。今なら唾を飲み込む音すら聞かれてしまうだろう。良心が責め立てる。このままでいいのかと……限界。

すると、それはゆらめきながら方向を変え、闇に向かって進み出した。裸足だった。その時、背中越しに浮かび上がるほのかな明かりが目に入った。このフロアの反対側にあるガラスに囲まれた施設。小児病棟だった。観音開きのドアが開け放たれていた。

「まずい……」

ナースステーションの奥にある控え室に声を掛ける。あろうことかそれまで漏れ聞こえていたおしゃべりが止んでしまった。三人はいるはずだ。所詮そんなものかと切り上げ、私は小児病棟へ向かった。目の端に彼を捉えながら。

その歩みは遅かった。だが、解脱《げだつ》を図る緑の男に導かれるように闇から続く硬く冷たく輝く廊下を、自分の数倍もする長い影を引き連れながら寂光《じゃっこう》に向かって進んでいた。

入り口に立つ。中は透明なアクリルがはめ込まれたパーテーションで仕切られていた。正面の小部屋、看護師が子供と一緒になってアニメを見ていた。こちらに向けた背中から熱中してるのが分かる。

――テレビをみるときはへやをあかるくして　テレビからはなれてみましょう――

ここに幼い住人がいる事をあらためて知った。

声を掛ける。反応が無い。大声を出すのは、はばかられる。騒ぎにしたくない。中には入れない。誤解は避けたい。だが、一刻の猶予もない。もう一度やってだめなら、あの子を無理にでも抱えてこよう。おい、そこのあなた、あなただよ。子供より夢中になってちゃダメだろ。念を声より強める。

振り向いた。驚いていた。こっちも驚いた。いぶかしげな顔。そうら、誤解してる。やってきた看護師に努めて慎重に声を掛ける。

「向うの病棟で付き添いで泊まってる者ですが、ここの子が廊下を歩いて行くのを見かけたので、声を掛けました」

「えっ、本当ですか？」

本当も何も、わざわざこんな嘘をつくものか。そんな事を思いつくなら相当なモンだ。

「ええ、確かに」

まだ信じてない。そして事の重大さにも気づいてない。私は少し苛立っていた。

「いいから、ほらあそこに……」

丁度、彼は廊下の途中にある汚物処理室に入ろうとしていた。

「早く！」

「あ、はい」

看護師は駆け出した。ようやくまともに動いた。

しばらくして小さな冒険者と二人で出てくるのを確認して、私は元の所に戻った。彼女は病棟の入り際にこちらを見やったが、そのまま何もなかったかのようにドアを閉めた。さ迷う魂が戻っていった。静かな闇が残った。

些細な出来事だった。だが、重大な問題が潜んでいた。事故の起きる典型的な兆候だった。

無警戒と無頓着。こればかりはあらためて、しかるべきところに報告しなければと思っていた。

一つのところに長く居続けると、余計な事にまで関わってしまうものだ。だが、正直言ってもうこんな事はゴメンだと思っていた。もっと母の事に集中したかった。

ここは病棟。行き場のない魂が夜ごとさ迷うところ。私もさ迷っている。


ここを訪れる者はみな驚き、そして喜ぶ。さながら何かに心を打たれ、新しい扉を開けたかのように。

ここは生命にあふれている。花は咲き誇り、虫はそこにはべり、鳥はその翼を広げて舞っている。そして、かつてこの世の栄華を極めた恐竜もその威厳を見せ付けていた。ここは時空を超えた新たな生命のモザイク。

私の目は、そして手は、もはや創造する者のそれとなっていた。よどみなく新たなる生命をつくり出し、自らの目的にかなうよう全てを於き、統べ治めた。また個々に幸せを説き、その賜物に応じてそれを広めるように願いを込めた。もはや私の意志なしにここにあるものはない。なぜなら、私が想い、私が創り、私が担わすからだ。そして、遣わされるのだ。ここから外へ、私の想いを伝えるために。

その日には、ここからいなくならなければならない。いつまでもとどまることはできない。それすら私が決めた。ここよりふさわしいところへ行って使命を果たせ。お前たちのよき友人の処へ行け。そして新たな生命を与えられるがいい。醜くも慕われる汝ら、虫と恐竜よ。花や鳥、魚を従えて。そこで叫び、歩き、走り、跳ぶのだ。そして、疲れたら眠るがいい。新しく仕えるものの傍らで。

あの夜以来、気になるようになった。翌日、案内された小児病棟で見たものは、隔絶された世界だった。アクリル越しに見える個室には色紙で作られた花や動物があちこちに貼られていた。そのどれもがたった一つのことを言っていた。「早くよくなって」と。

私は来たる二月十四日に向けて、一つでも多くとペーパークラフトを作り続けた。一生に一度でいい。聖人になりたかった。

恩愛

私達は支え合っていた。母は過去から。私は未来へ。そう思うようにしていた。正気でいられる間は、互いの事を気づかう事ができた。やがて、私たちにはそれぞれに支えが必要となってきた。もう互いの事を思いやる余裕はなくなりつつあった。そうなる前に手を打ちたかった。それは、人が永い間、今においてもなお、将来も求め続けるたぐいのものかもしれない。おのおのの心のよりどころが、もう人間では用をなさなくなってきていたのだ。たとえ、肉親であっても。

人はそれを宗教とか信仰とか言う。それもいい。だが、より身近で目に見える具体的で手懐けられる程度のもの。そう、願掛けのたぐいが欲しかった。むしろその方が都合がいいほどよく深刻でいられるからだ。

ある日、散歩中に出逢いがあった。看病中でも生き抜きは必要と思い込むようにしていた。素敵な出逢いについては言わずもがな。

その子はひそやかに眠っていた。愛くるしい寝顔。引き込まれそうだった。もっと見ていたかったがそうもいかず、その場を後にした。それから数日間、その子の事を想い続けた。再び会いに行った。もっと早くすればよかった。雪道に足が取られる。もどかしい。だが、その子は変わらずそこにいた。私を待っていた。安堵。

私は母にその子を紹介した。ひと目で気に入ったようだ。それからというもの母はひと時もその子を傍らから離そうとはしなかった。

小さな黒猫、ぬいぐるみ。目を閉じている。街外れの雑貨店での出逢い。

母の寝顔にへばりついていた険が薄らいだ。そしてその子は、小さいながらも全てを受け止める余裕の体だった。たのもしい家族ができた。


ある時、真夜中を二時間も過ぎた頃、目が覚めた。カーテンの隙間から差し込む月の光に照らされた母の寝顔は、めずらしく穏やかだった。

その時、黒猫が母の胸元から転がり落ちた。私は床から拾い上げ戻そうとしたが、起こしてはと、一緒に自分のベッドに。

――コレ、コレ、ウイヤツぢゃ、チコオ、チコオ――

などとひとりごち、胸に抱えて布団に入る。

丸くて柔らかく温かかった。幼い頃、家にぬいぐるみがいた記憶がない。

――人はこれ以外求めるものはないのでは――そう思いながら眠気に身をゆだねる。

すると、突然、頭頂、いや脳から何かが溢れ出てきた。それは体の隅々まで行き渡り足先に向かって流れていく。とめどなく。大きなうねりのように。全身が穏やかな痙攣に包まれていった。

――……これは……一体……――

しばしその感覚を身体と心に染み渡るにまかせた。やがて緩やかな衝撃が収まると、黒猫を母の枕元に置いた。

だが、その感覚は初めてのものではなかった。どうしようもない孤独に苛まれていた若かりし頃の受洗の事を想い出していた。

私は大きく豊かな家族の中にいる。

――耐えられる。耐えていられるのはそのためだった――

カーテンを透かしてあふれる柔らかい陽射しで目が覚めた。ふと、視線を感じてベッドを見る。母は眠っていた。黒猫だった。

両目をつぶる下手くそなウィンクをよこした。


ささやかな楽しみは病状に追い払われつつある。

食事はもはや不可能。輸液による栄養摂取が再開した。さらに衰弱が進み、胸部にジョイントが取り付けられた。太い血管に直接、高カロリーの栄養を流し込む事になった。

「これがいいのよぉ……」

とうに中止したカクテルサービス。

目が開かなければできない。そしてまだ、飲み物を捧げる訳にはいかない。だが、昼の花鳥と夜の星は続けていた。捧げ物ではない。目を開ける時のために。


その人は優しかった。「一番遠い親戚が、一番頼れる」そう母は言っていた。

母の幼馴染かつ年下の叔母である女性。遠慮がちに訪ねてきた。様子を見て、静かに去ろうとした。

「お話ししたかったけど……でも……」

情が未練を纏っている。

「そんな事おっしゃらずに、声かけてあげてください。起きてなきゃいけない時間ですから」

「いいのかしら……」

「ぜひ」

母に顔寄せ、小さく声をかける。

「来たよ。ゆっくり寝ててね。また来るからね……」

薄目の反応。覚めやらぬ意識。綯い交ぜのうめきと返事。

「……う、う……ん、ん……」

これ以上は……彼女は私に、目配せをしてきた。


――〝バシッ!〟――


つかまれる手。

「来てくださったのぉ!」

開かれた目。ふたりの額、ぶつからんばかり。

取り合う両手。

「うん、うん……」

うなずきあう。


小さな奇跡。懸命に生きる人にしか与えられない。さすれば、これは大きな奇跡。

意識はなくとも、魂は生きている。離れようとするもの、留めようとするもの。激烈なせめぎ合いを母の中に見た。


ドアが閉まる。その音を聞くと、母は気を失った。

これが幼なじみふたりの最後の交わりとなった。

紐帯《ちゅうたい》

目覚めのたびに澄みゆく感覚。

互いに旋転する二つの意識。時をさかのぼる。収斂する命脈。ただ一点に向って。ＤＮＡの螺旋が分かつその日まで。


毎夜ひととき、本来の姿に戻る母。人知れず語り合えた。

「……いいこと、教えてあげる……」

そうであった事わずか。

星を回す私。

「生きてる人は死んだ人に生かされて、死んだ人は生きてる人によって生き続ける……って……」

止まる手。

「……もういいじゃない……」

消え入るつぶやき。眠りへ。

夜話の最終回。

その薄く細い身体。病衣は衣桁《いこう》の羽衣。

作業毎に認識する衰弱。だが顔だけは痩せなかった。廊下で会う度に変貌していく隣人を思う。看護師も不思議だと。

いつまでもそのままの顔でいてほしいと願った。

「かあさん……」

頬に両手を添えて、覗き込む。

「……う……ん……」

ゆっくり開くまぶた。小さい瞳。失せた輝き。

「母さん……抱っこ」

さらに開くまぶた。

「なにを……おま……」

「違うよ、母さんが僕にするんだよ」

瞳に光が差した。

「抱きついて。甘えて。遠慮しないで。さあ……」

目をつむると、首に両手をまわしてくる。決意と安堵の横顔が目の端に入る。すがりつく細い腕。中腰のまま背中に腕を回し、抱え上げる。そのままベッドの上の方にずらす。

早い癌の進行。床ずれ対策の度、上げる悲鳴。限られる姿勢。たまりかね手を出す。常に見てる私の方が状態を把握している。

最初の位置決めが肝心。これだけは譲れない。そのうち顔を近づけると眠ってても反応するようになる。目をつぶったまま天井に向かって両手を突き上げ、力なく落として首にすがる。

これが最期まで続いた至福のひと時となった。

花序《かじょ》

母はその人が来るのを心待ちにしていた。その人が来ると母は無邪気に甘えた。今、母の心をつかんでいるのは間違いなくこの人だった。

はじめは理解できなかった。そんなものが何の役に立つのだろうと。おそらくどこでもそう扱われてるのか、遠慮がちに病室を訪れる姿が印象的だった。

だが、その様子を何度か見てるうちに、私は思い至った。間違ってたと。日を追うごとに改善されて行くその症状。その丁寧で慈しむかのような処置。これにまいらない訳がなかった。

ある時、私はその人に謝罪した。

「思い違いをしてました。許して下さい。今、母にとって最も必要とされてるものの一つである事を理解しました。これからも宜しくお願いします」

白いマスクの上に覗く目が笑っていた。そしてそれは美しかった。

「口腔ケア」。担うは、歯科衛生士。

はじめて知った。これほどまでに容態に及ぼすものが大きい事を。また、危険な肺炎を防ぐ最も有効な手段であり、他をおいて改善を続けていった唯一の処置でもあった。

なによりも、そのひたすらに優しい接し方。それが、母の憩いとなった。全ての人がそうなのかはわからない。ただ、この人がいてくれてよかったと思っていたのは私だけではない事は、処置後の母の寝顔が証明していた。

ある時、尋ねられた。

「何かご要望がありますか」と。

もはや残りの時間はなかった。

「最期の時まで、お願いします」

「ええ、喜んでさせて頂きます……」

「先生が来て下さるのを、母は楽しみにしてるんです……」

意識はなかった。処置もできなくなった。それでも、その日まで、その人は私達のところに顔を出し続けてくれた。

母はその人が来るのを恐れていた。その人が来ると母の顔に緊張が走った。致し方なくやらされている。今、母に嫌われてるのは、この人と、この人を歓迎するこの私だ。はじめから期待していた。これこそもっと早く始めてほしかった、と。そして、どこでもそうしてるのか、大きな掛け声と共に病室にやって来るのが頼もしかった。抵抗する母を説き伏せ、その人の気力と体力が最も充実している午前中の一番目に要請した。

そして、その現場に立ち会うにつれ、私は想い至った。この技を盗んでやろうと。その経歴は素晴らしく、その実力は本物だった。そして、その豊富な知識を基にした解説も。これにまいらない訳がなかった。

ある時、私はその人にお願いした。

「毎日、素晴らしい技を拝見する事ができて感謝してます。今、母にとってもそうですが、私にとっても最も必要とされるものの一つであることを痛感しました。これからもご指導宜しくお願いします」

大きなマスクの上に覗く目が笑っていた。そしてそれは力強かった。

「リハビリ」。担うは、理学療法士。

はじめてではなかった。知ってはいたつもりだったが、これほどまでに容態に及ぼすものが大きいとは。私は母と自宅に戻ったときのために学び始めた。本も買い込んだ。

何よりも、その深い見識に裏打ちされた根気強く丁寧な作業。全ての人がそうなのかはわからない。ただ、この人がいてくれて良かったと思っていたのは、私だけではなかった。母は次第に協力するようになり、一人の時でも体を動かすようになっていった。最後は人徳なのだと思った。

ある時、尋ねられた。

「これからどうされたいですか」と。

「ええ、家に帰っても起きれない動けないいじゃ意味がありません。病気は病気の都合で進んでるだけです。体の機能は関係ありません。私達は私達の都合で進めましょう。投げられたサジを先生と私で拾い続けていきましょう。ご協力お願いします」

「よしっ！　分かった！　その意気！」

先生は私の肩を叩いた。その手は厚く、逞しかった。母はしかめっ面をしていた。

意識はなかった。もう体を動かす事はできなかった。それでも、その日まで、その人は私達のところに顔を出し続けてくれた。

深淵

——あれは……何だったんだ。何の意味があったんだろう——

彼方、吹雪に霞む港のガントリークレーンを見ながら私は考えていた。

「地域がん検診」。確かこんな事になる数年ほど前に、母を連れて行ったことがある。たまたま帰省した時の話。普段は病院に行くことを嫌がるのに、なぜかこの時は違った。癌の早期発見に積極的だった訳ではない。その指定病院の医者に信頼を置いていたからだ。はるか以前に持病の腎臓の具合が悪くなって世話になった時にとても良くしてくれた印象がそうさせたらしい。

そして得られた答えは「問題なし」だった。

——だのに……どうして……——

「病院嫌い」「自分だけは」「この先生なら」……見事なまでの三重の壁。発見できなくても不思議はない。

ここに入る前に二週間ほど検査入院をしていた別の総合病院。「転院」と決まった時、母は「あの先生のところにして下さい」と懇願したと。「ここだけの話だけど、ここの先生もなかなかだけど、あの先生にはおよばないのよ……」と茶目っ気まじりに言うことがあった。私は答えた。「そう、そうなんだね……治療が終わったら、『かかりつけ医』としてそこに通えるように手続きしておくから……」

「医は仁術」ともいう。だが、人情だけでは助けられない。設備、技術、見識……何よりも患者と家族の意識が大事なのだ。食事、運動、睡眠といった生活習慣の改善……。指数関数的な癌細胞の増殖の様は、終局に向かうにつれ、急激に跳ね上がる。その時は発見できなくても、わずか数年の間に爆発的に巨大化することもあり得る。

責める事はできない。日々発生する癌細胞の数、およそ五千個。免疫の力で淘汰してるに過ぎない。人類が培ってきた絶妙なバランスの中で。今や「がんかそうでないか」だけが死因に分けられる時代。病死の約半数というのはそういうことだろう。

――……それにしても、あれはなんだったのだろう……――

もはや、クレーンは見えなくなっていた。

また修羅の帳《とばり》が降りてくる。

ひとつの考えが私をとらえていた。それを受け入れるということは、これまで紡ぎ上げてきたものを無にするように思えた。だが、現実と私の想いとの乖離は加速度的にその度合いを増していった。

日々、眼前で繰り広げられる修羅場。母のもがき、苦しみ、人格の崩壊していくさまは、私を圧倒し続けていた。私は詰め寄られていた。

「『そうだ』と言え」

視線を落とし、無言を貫こうとする私の胸倉をつかむ。

「認めれば、楽になるぞ」

心の弱い者なら、促されるままに望みの答えを言うだろう。

私は言った。

「はい、そうです。そのとおりです」

私も人後に落ちなかった。いや、あっさりと陥ちた。苦くも、苦しくもなかった。案外、この瞬間を待ち望んでいたのかもしれない。あとは口を割るにまかせ、わが身の可愛さから聞かれもしない事まで積極的に喋る捕虜の体だった。もう、限界だった。できないというより我慢ならなかったのだ。私は自ら最後の糸を断ち切った。この期に及んで現実と対峙ができたのだ。最も重要な事について。

「人は病気では死なないということです。ただ無知で、いえ、正確には無知である事を知ろうとしない事によって死ぬのです」

「母」ではなく、「人」と置き換えたことが私の中の人間性を主張していたかのようだった。だが、それすら見越したような薄ら笑いを浴びせられた。そしてゆっくりと私から手を離した。

「どうだい、そうだろう。わかってるじゃあないか。だが、それだけじゃ、しょせんお前はその程度なんだよ……」

謎の言葉と共に私は闇の中に取り残された。

いきなり病気になるはずもない。長い年月の積み重ね。食事、運動、睡眠……。その習慣を改善していくには、強い意志が求められる。そして何よりも常に正しい知識を取り込んでいかなければならない。それすらも生活習慣。さらに周囲の協力なしでは継続することなどできない。一人では戦えないのだ。

母は最期までここにいる理由も、自らの運命も知ることはない。いや、知ろうともしない。

ただ、すがり。ただ、たよる。ほかに手がない。そうしていれば、良くなると思っている。この世から去った後ですら、ここにいた訳を理解できないだろう。

そして、その全てを見て、知ってしまった近い将来に訪れる自分。その事実を認識する事の意味はどこにあるのか。まだ、その答えを見つけることができないでいる自分が、今ここにいる。

残された謎の言葉の意味に気がついたのは、朝の陽射しが私の目蓋の内側を薄桃色に染める頃だった。

仕事を免罪符に家族に関わろうとしなかった父。人生のほぼ全てを引きこもることに費やした兄。母については言うまい。今、思い出の上書き中だ。そんな家庭が嫌で就職を機に長年帰らなかった自分。

核家族ならぬ核分裂家族。

誰もが自らの殻に閉じ籠もりながらも、全てを掌握してるかのようなつもりになっていた。

「問題ない」と。

そして、その行き着いた果ては分裂の極み、『癌』だった。

無知で人は死ぬ事はない。ただ、無関心によって自滅し合っていくだけなのだ。それこそが最も愚かしい事。

——俺のせいで、この人は死ぬと言う事なのか——

何かが枕元で微笑んだ。

仁慈《じんじ》

何かが、私を起こした。その備えは出来ていた。ベッドサイドの灯りを点ける。

「どお……痛いんじゃない？」

母の顔を覗き込む。

「……う……ん……なんか……」

目が泳ぐ。首を傾げる。それが合図だった。一刻を争う。ナースコールをする。

「痛いみたいです。お願いします」

ここからが勝負だった。わずかの間に激変する。そして、もう何度もその戦いに、私達は敗れていた。

即効性のある座薬と言えども、タイミングを逃すと効果は無かった。いたずらに苦しむ時間を延ばすだけだった。適量が決められているので、むやみに使う事も許されない。早期警戒が鍵だった。私は予定通りにならない薬効の持続時間を把握するのに努めた。

そして、母の遠慮を押しのけて実行した今回、私達は勝利した。母は目を丸くしていた。だが、それも長く続く事はなかった。

「我慢は美徳」。ここではそれは通用しない。真の意味での「良き患者」でいることの難しさがここにあった。そして長く「病院嫌い」を自認してきた母が、すぐ変われるはずもなかった。母は「いい人」であろうとしたが、間違っていた。その事を諭し続けた。

経口薬、注射、座薬、麻酔パッチ、段階を辿った疼痛対策は、もはや限界に来ていた。希望の先送りではなく、絶望との親和化。

それは、医療に違いなかった。痛みと痛みへの恐怖が、人とその関係を壊す。それを遠ざける事が、そうでないはずがない。断末魔の叫びの下、幾夜も過ごしていた。何も出来ない自分に絶望し、母は私に、かつて聞いた事のないような言葉を投げつけた。

今や主戦場は「緩和ケア」に移っていた。それは、対処という戦術ではなく、初期の段階から導入されるべき戦略である事を思い知った。

痛くないわけがない。内側から喰われていくのだ。ドアに指を挟んだって、肘を机の角にぶつけたって死ぬほど痛い。そういうふうに人間は出来ている。でもその痛みは生きていればいずれ消える。だがこれはそうではない。しかも、終盤になるにつれてより激しいものになっていく。引くところのない痛み。終わる事のない苛烈。

耐えられない二つのものがあった。それは、心が壊れてしまう事。そして、それを見る事。痛みをそのままにしていては、患者も家族も、崩壊してしまう。

「できれば代わってあげたい」と言うのは嘘だった。その痛がる様は見る者の心を引き裂く。ののしられ、けなされ、せめられる。

「なあ！　なんとかならんのかあぁ！」


巨大化し続ける腫瘍は容赦しない。少しでも体を動かすと、母は激しく悲鳴を上げた。毎回、細かく痛みのない位置を探る。慣れる事はなかった。体を固定するための大量の枕と布団。母はその中にうずまっていった。

私は看護師に尋ねた。新担当の中堅の方。

「体位変換。必要なのは解ってますけど、これじゃあ……どうなんですか、床ずれになるまで母は『大丈夫』なんですか？」

見る間に彼女の目が潤む。大粒の涙が頬を伝う。まずい返事の仕方。だが私はそのままでいた。私に背を向けて肩を揺らしていた。おさまると、向き直った。

「それは、決められてる事ですから……」

「そうですか。でも、褥瘡《じょくそう》対策、……やろうとすると痛がる。今、必要なのは痛みをどうするかだと……これを何とかしないと……」

「……分かりました。相談してみます」

「それから、泣くのは後」

「……申し訳ありませんでした……」

「気持ちは有難いですけど……しゃんとしてから、出て行って下さいね」

「はい……ありがとうございます……」

涙を拭き終わると、退室して行った。


何故、先に言われてしまうのだろう。もう何度も同じような事があった。だが、この人は業務を超えた献身を厭わなかった。優しいがゆえの、もろさだった。その研究熱心さは他の誰をも上回っていた。私が提案した事を医療チームのカンファレンスに最も上げていたのは、実はこの人だった。その都度、環境は改善されていった。

白い空間に浮かぶように寝かされていた隣人を思い出していた。

「ああは、させないよ……」

母の寝顔に言った。

新たに設置されたそれは、思いの外、小さかった。痛みを消す禁断の箱。全てが終わった時、残されるものは希望か絶望か。それを決めるのは、私達自身にあった。

麻酔の噴射装置。常時、微量の麻酔を流し続け、痛みが出た時に任意に血管に直接鎮痛薬を送り込む。座薬もパッチも限界となった今、頼れるのはこれだけとなった。

「痛くなったら、本人か付き添いの方が押して下さい」

そう言って渡された先端に赤いボタンの付いたグリップはコードで装置と繋がっていた。

薬剤師は続ける。

「薬量も機械で管理できてますし、調合にも余裕をもってます。十五分以内の連続使用ができないだけで、打ちすぎ、効きすぎの心配もありません。もちろん副作用も。痛がるようでしたら、躊躇せず、ボタンを押して下さい」

その説明ぶりに手馴れた感じを覚えた。心なしか、看護師たちの顔が明るくなったように見えた。そして何度も強調される、

「本人か付き添いの方が……」

という部分がやけに頭に残った。

一人残されてメモを見返す。どう計算しても、量が多すぎるように思えた。その日は回数が少ないのが幸運だった。


翌朝の回診に、説明には立ち会わなかった医師に尋ねると、

「薬剤師に確認します」

と、泡を喰い、当番の看護師は問いに、

「私、計算してみます」

と、うろたえた。

関わる全員が正しく理解してない事が発覚した。異常事態と言えた。

「……やっぱり……」

研究者然とした薬剤師。人に理解してもらうように話すのが苦手な人。ありがちな人物である事はすぐ判った。その場で食い下がらなかった私が悪い。


疼痛のスペシャリストが、改めて説明に来ると言う。手ぐすね引くとはこの事だ。しかし、やって来たのは、担当看護師のペアのうちのベテランの方だった。

「あれぇ？　専門家って、あなただったんですか？　毎日のように顔を合わせてるのに、何で今まで黙ってたんですかぁ？」

気心は知れていた。私はいじるのをためらわなかった。看護師は自分の頭を小突く仕草をした。

「てへ、じゃないですよぉ、もお……」

その解りやすく丁寧な説明。専門家というのは伊達ではなかった。私の疑問と不安は解消された。聞けば、海外にも派遣されてると言う。「緩和ケア」は、今や癌治療の主軸であり、日本ではまだ認知が遅れているとの事だった。

たくさんのペンやキッチンタイマーと何かの早見表のつづりが押し込まれた胸ポケットにバッヂを付けていた。海の向うの研修先から記念に渡されたものだと言う。それはこの人から将来のメンターにもプレゼントされていた。そこには私のカクテルの名前が刻まれていた。大元はここだったのだ。

想いは託され、受け継がれ、静かに広まって往く。その一端に加われた事を実感していた。何故だか嬉しかった。

これまでのものは、全てこのための準備に過ぎなかった。

「化学療法」。いよいよ直接、癌と対峙することができる。期待は高まっていた。

だが、それは出鼻でくじかれた。その朝の説明に薬剤師は来なかった。私は作業を進めようとする看護師を制した。

「今さら、慌ててどうなると言うのです。説明をきちんとするところからが治療のはず。とにかく定められた手順だけは守ってください。それは、あなたたちのためでもあるのですから」

結局、開始は翌日に延ばされた。午後、おっとりがたなでやって来た薬剤師。麻酔の時の女性。

――……なるほど……――

私は責める事はしなかった。しばらく他愛無い話をした。相互理解のために。仕事は精緻だが、それ以外の事はそうでないらしい。合わせるしかない。

その日、人に時という概念が与えられた。

これまで無為に流れて行ったそれは、ここにきてその存在を主張し始めた。明暗でしか捉えられなかったものが、細かく分けられた。私達は現実に引き戻された。

静かな緊張。それすらも管理されていた。点滴の流量が効力を左右する。薬剤ごとに違う交換時期を把握することが求められた。

その内容を理解する知識は持ち合わせてなかった。だが、すべての科学は時間を背にしている事は知っていた。医学は科学に違いなかった。そして、その間を縫うようにして病棟を動き回る看護師。彼女達も間違いなく「科学の子」だと理解した。

その姿を見るにつけ、流れ行く大きな時の中に、小さな予定が書き加えられただけだとは思いたくはなかった。

あまりにも遅く、あまりにも遠かった。手が届いたと思ったら、もう這い上がる力は残されてなかった。あとは、何かを待ち望む。その気力だけが支えだった。皮を、肉を削がれたむき出しの骨のようになったそれは、見る者を責め立てた。

――どこまでいればいいのだろう……いつまでもいられないのに――

逃れの道を探し始めてる自分がいる事に気がついた。だが、それを嘲笑うかのように時の流れは一層遅くなり、悩みも更に深まっていった。


三日間、母の寝顔を見続けた後、私はナースステーションに向かった。

「これ、必要なさそうですし……キレイですから戻しておいて下さい」

そう言って、取っておいた化学療法の資料を渡した。看護師はうつむいたまま受け取った。

待合所から見る窓外。春はすぐそこまで来てるはずだったが、吹雪で分からなかった。


「なあ……暗いよ……開けてよ……カーテン開けて……」

母が左の手で左目の前を払う仕草をする。数日前には目の前が赤いと言っていた。

「暗いよ……開けてよ、あけて……」

化学療法と時を同じくして異常を訴え始めていた。

「薬の影響で、一時的なものだから……」

そう私はごまかしていた。

「何らかのイベント……おそらく、脳に転移が始まっているものと思われます……」

ペンライトを胸ポケットに挿すと、医師はそう告げた。

薬から逃れるためか、あるいはそういう時期だからか。成長の限界に達した新生物は、新天地を求め始めていた。これはその事実を示していた。そして、それは予定されていた事であるのも知った。

本を投げつける気力は残ってなかった。


何かが大きく変わった。その日を境に、私達の所を訪れるスタッフの数はめっきり減った。来るにしても、伏し目がちに処置をし、そそくさと去って行く。

「あの日とは、真逆だな……」

危篤から脱した直後に見せた看護師の表情を思い出していた。人が離れていく。それは、こちらが離れつつあるということ。

「手控えではないにせよ……何かな……」

私達のいるこの狭く暗い世界。ここだけが、どこか遠くへ流されたような感じがした。

この洞穴は戻る事ができない。ただ進むのみ。行くにつれて狭くなり、身動きが取れなくなっていく。わずかな光明と微風を求めた先にあったのは、さらなる暗闇と淀んだ空気だった。過ぎた分岐をうらやんでも、いずれは同じ結末になる。そして、もはや選べる道もない事も。どれが正しいかは意味のない事。受け入れる事だけが正しかった。全ては予め定められたものを辿っているだけだった。気がつくと、暗闇の光は消え、どこからともなく吹いていた風も止んでいた。

潭《ふち》

そして、目盛りは引き剝がされた。時の永遠の前では、単位が小さすぎて役に立たなかった。長期にわたる年単位の計測があって初めて効果が出る。定期健診、早期発見の重要さがここにある。これまでとばしてきたその数、およそ三十以上。

もはや、一つの刻みしか必要なかった。最後にして最大の検診。

「この世」と「あの世」。

その二つを分ける目盛り。全ての生物に共通の単位だけだった。

化学療法は中止となった。1クールすら完遂しなかった。そして、「やるべきことはやった」という言い訳の材料と一緒に得るものがあった。それは、大量の輸血が必要とされる非常事態だった。

ただ生かすための努力が続いていた。生きていればこその人間。それでも呵責はあった。だが、それは胸の奥に閉じ込めた。数多くの輸血バッグが消費されていった。白血球に血小板。それは赤血球のそれを上回る勢いだった。次第に打ち合わせの度に、その入手の困難さを説明する時間が長くなっていった。

輸血が終わる毎に、多少容態は良くなるものの、すぐさま効果がなくなる。あるいは、予定を変更して増量しても期待した結果が出ない事も度重なった。

どれもが、母にではなく、母の中にいる生物への施しになっていた。

――肉を喰らい、血を啜《すす》るもの――

最後の狂宴が行われていた。

毎朝の打ち合わせの度に、嘆きの言葉が医師の口から出るようになってくる。

「午後には、追加の分が届きます」「血液センターには予約してます」「週末の分もすでに手配済みです」「県下、全センターに依頼してます」「この地方全域に確認してます」

限界がそこまで来ていた。

「化学療法が招いた事なのだから、輸血を止める事はあり得ないですよね」

　私は機を見てくさびを打つ事を忘れなかった。医師は四人のチームだった。その中から主治医と二人の若い医師が随伴して来ていた。既に何度も論議し合い、母の治療方針を確定してきていた。

「先生……ここまでして頂いて、感謝の言葉もありません。どれだけ血液、特に白血球の確保が困難なのかは、あえて知らないふりをしていました。ただ、立場上、もういいとは言えなかった事はご理解ください。逆に、先生方も、もういいやと言えない事は私も理解してます」

　三人は神妙な顔をしていた。

「輸血の量の上限が定められてないという部分でのやりとりだった訳です。ただ、これだけは間違いなく言えるのですが……今の母より、本当に必要な人がいるようでしたら、それは仕方のない事ですから、仮に都合がつかなくなった時には、それでいいですから。申し訳ないとか言って頂かなくて結構ですから……先生方が良くして下さってるのは、母とども分かってますから……」

「いえ……」

「あとは、望むらくは、母のケースが何かの資料になると判断できるようでしたら、その為に利用して下さっても結構ですから……宜しくお願いします」

もはや、直接母の命に関する事では、引き止めておく事は難しくなっていた。私は最後のカードを切った。彼等の医術に対する情熱だけが頼りだった。

「ええ、ご心配なさらずに。最後まで全力を尽くさせて頂きます。こちらこそ宜しくお願いします」

「あと少しの間、お願いします……」

見送りながら、私は彼等の背中に無言で語りかけた。

ツレ

初めは見えなかった。時が進むにつれ、それは姿を現し始めた。交わる事のない二本の道。そこを歩む者二人。片や途中で、片やその先まで。別つまでわずか。今はただ、残りの道を外さぬよう進むだけ。

――想い残すことなく、やり尽くして――

それだけだった。巻き込んで、想いを伝え、励まし、駆け引きすら厭わなかった。全ての人が容易に全力を出せる環境作りに集中した。「司令塔」。そう看護師に呼ばれてる事を聞いた。揶揄も望むところだ。

「『息子さん』という呼び方や、『付き添い人』という事で、意識は薄いようですが、覚醒した状態で、一番長くここにいるのは間違いなくこの、私。つまり実質的な管理責任者という事です。そこのところお忘れなきよう、お願いします」

私の耳に入る事なく、直接、実家に連絡が行った事を知った時。私はそう宣言した。そして取り組み始めた小さな世界での改革。今やそれは佳境を迎えていた。


母の状態が目に見えて悪くなり、あと数日だろうという時、おそらく最後となる打ち合わせが行われた。既に延命はしない事は確認済み。誓約書に署名もした。最後に担当医はこう付け加えた。

「もし夜中に緊急事態になったとしても、駆けつけるのに二十分以上はかかるので、その事をご承知おき下さい」と。

私はその意味するところを、すぐ理解した。だが、あえて生返事をした。それは医療の盲点を図らずも露にしていた。


その夜、次期リーダーとして養成中の看護師が当番に来た。この人なら耐えられるし、正確に伝えてくれると思った。承知はしたが、私の感情は別のものである事を。

「みなさん、僕の事を見縊ってないにせよ、見誤ってますよ」

「えっ？　何が……」

「昼の打ち合わせであった、駆けつけるのに二十分以上かかるって話。あれ、おそらく、蘇生の限界時間の事でしょ？」

「！」

驚いていた。暗がりでもその目の大きさが尋常でない事がはっきり分かる。

「つまり、蘇生を回避するために、あえて二十分以上かけて来るという意味ですよね」

「……」

「思うに、延命と救命は違うものだからでしょ。ちなみに、何で僕がここでもトレーニングしてるのか理由が分かります？　そのためにですよ。二十分の心臓マッサージ、出来ますよ。もし、僕が救命救急士だったら、どうするんですか？　救命しない様、誓約書、取りますか？」

「……」

「伝えといて下さい。僕にはそういうのは、通用しませんって」

処置を終え、うつむいて彼女は出て行った。

シテ

それは異様な光景だった。翌朝の回診には医療チームが大挙して押し掛けて来た。何かのドラマの様だった。権威付けには員数が要る。皆、穏やかならぬ目をしていた。昨夜の私の忠告に対する返礼である事は明らかだった。きちんと伝えても、きちんと受け止めるとは限らない。むしろ、往々にしてこういうものだ。私はため息をつく事を隠さなかった。医師は言う。

「私達も全力を尽くしている」

あまりにもありきたりな言葉に萎える事もなかった。そして、人手が足りないから、専門の施設ではないから、と続けた。だが、これもまた私の想像の範囲を超えるものではなかった。あげく、「不満があるなら、ホスピス専門の所に転院する事を勧める」と締め括った。

だが、最後まで「失われるべき二十分」についての釈明はなかった。全ては矛先を変えるために言葉を費やしていた。その顔は満足げだった。

「……いいですか……」

　私は口を開いた。

「今さら、二十分の件について蒸し返すつもりはないですけど、でも、手が足りないってのはマズくないですか？　すると、手が足りないから、面倒だから、延命も救命もしないって事になりますよ。そうではないですよね？」

「……」

「手は足りてるんですよ。足りないのは『気持ち』。正確に言うと、そう見えるような『技術』ですよ」

　看護師が反応する。

「『治癒』って言葉ありますよね？　こんなことになるずっと前から、『治す』よりも『癒す』事の方に比重が大きくなっていたんじゃないんですか？　『治』はお医者さんが主体。では、『癒』は誰が？」

「私達です……」

　一番若い看護師が答えた。くるまの娘だ。

「そうです。だからこそ少しでも不安なく過ごさせる技術が求められるんです」

　私は続けた。ここが正念場だった。

「ところが、現実には患者との接点の所での標準化がされてないから、看護の質に差が出る。『想い』の強い人は一層、負担になって辞めていく。そうでない人は職務と無関係な事に力を注いで幅を利かす。この間の一件はまさにそうでしたね。でも、それも理解できます。所詮、死ぬのは赤の他人。全力で気持ちを寄り添わす事など無理。どこかで線を引かないと。だとしたら、だからこそ、『フリ』という技術が必要なんですよ。僕が言う『気持ち』とはそう言う意味です。注射をする。点滴をする。バイタルを取って、投薬、清拭。そのどれもが高度な技術を求められる訳ですよね。それと同じように『癒し』の技術を磨いてみたいとは思わないいんですか？　有資格者として」

私は足元を見て一呼吸置き、顔を上げた。

「はからずも、さっき言いましたよね。専門の所に移ってはと。自分達には出来ません、その技術はありませんって。それって、どうなんですか？　日々学ぶのも仕事の内じゃないんですか？」

もう一度、言葉を切る。視線が集まる。

「……確かに、いきなり『ステージ4』だなんて、いつの時代の話だよって感じですけど……でも、逆にめったにない機会と捉えて、貪欲に『終末期看護』を学ぼうとは思わないいんですか？　これが済めば、驚くほどのものが身についてるんじゃないんですか？　皆さん。こんな事言うと、母には申し訳ないですけど……ここから学んで、他に活かす事が出来れば、母の……も決して無駄になることはないと、思ってるんですけど。僕がおかしいですか？」

私はここで口をつぐんだ。母を見た。寝てるのに表情が険しかった。

すると、医師から手が差し出された。何かを言おうとした。私はそれを制し、握手をした。間に合ったと思った。


一行が退室した後、自分のベッドに戻ろうとした時、

「おまえ……」

と、呼びかけられた。

振り向くと、母は眠ったままだった。だが、その表情はさっきとは違っていた。

碧落

――……今日なのか……――

その日、全ての雲が吹き払われていた。昨日までの鬱々と降り続いていた雪を思い出す事すら難しい。地平はただ青に。空はただ紺に、見上げると遥かな碧を纏う事ができた。内も外もない。私達は全ての一部でしかない。それが今、繋がっていた。永遠への入り口。全てを吸い上げようとしていた。何かを付け加える事も、取り除く事もできない。あるがままに受け入れてくれる。ゆえに、なすがままに渡す。それしかなかった。この世で最も重いものが、軽やかに舞う時が近づいていた。

私は知った。命すら借りものに過ぎないということを。だからこそ、汚さずにしていかなければならないことをも。母は今日、自身を返しに行く。その生き様は、美しくも気高く、優しいものだった。元より良くして返しに行くのだろう。この空は、それを歓迎してるかの様だった。

かろうじてたどり着いたこの日。誰もがうらやむ日。

「春の日に旅立った」

その美しい一言で、皆の記憶に刻まれる。そのはずだった。だが、ほどなく気がついた。まだ冬だった。世界は一日多く、生命は一日少なかった。その日、四年に一度の二十九日。春まであと一歩。だが遠い一歩だった。

——与え、そして奪う——

どうにもならない人の想い。突きつけられた現実。ぜがひでも今日でなければならない理由を見つけなければならなかった。にわか聖人には、荷が重かった。


担当医師がベッドに吊された尿バッグを確認する。

「尿量……増えてませんね……」

バイタルを確認。

「血圧も五十前後……脈拍はそれを補うように増えてます……」

「……」

「今夜か、明日中かと思います」

「そうですか……」

「何かあるにしても、夜だと思います。今日から宿直しますので、心配しないでください」

「……ありがとうございます……」

異例の事であるのは解っていた。この人も少し前に自分の母親を癌で亡くしたと聞いた。時おり見せる感極まった目には理由があった。それを思うと、その尽力には頭が下がる思いがした。

母だけではなかった。わかり合えた頃には、別れが来る。それも理だと受け止めた。


「……あぁ──っ……」

それは、何かが手を伸ばした合図。初めて聞くもの。だが、直感が私にそう告げた。数度、呼吸した後に、発せられる。次第にその間隔は縮まり、大きくなっていった。やがて、呼吸ごとになり、今や叫び声となって病室に響いていた。

「あぁ──っ……あぁ──っ……」

それが止む時、何が起こるかは想像がついていた。医師に連絡を入れる。皆が母の顔を覗き込んでいた。何人も入れ替わって、名前を呼んでいた。だが、母は声を上げ続けるだけだった。

私は枕元に行き、耳元で叫んだ。

「おきぃぃーーやあぁっ！」

目が開いた。驚いていた。反対側にいる彼女の妹に手を取られていた。叔母が語り掛ける。

四人いた兄弟。今や互いにとって、たった一人の姉妹だった。

「がんばったね、姉さん……もう、いいんだよ……お母さんに会えるんだよ、楽しみだね……」

叔母は笑って語りかけていた。母は目を大きく開けていた。その横顔から、状況を理解してないのが判った。

「あーー、あーー、あーー、あーー……」

訴え、叫び、荒い息。すべてが綯い交ぜになっていた。

見つめ合う二人。その二人を私達は見ていた。

突然、母が顔を歪めた。痛みが襲ってきていた。

私は麻酔のスイッチを持った。ボタンに指を掛け、押し切るまでの間に、スタッフがこれをしたがらない理由を悟った。

その顔が穏やかになっていく。静寂。

「ぁ――――……」

長く漏れ続ける息の終わり。

見る間に生気が失われていく。モニターを見る。波形は直線になっていた。酸素とスチームの音だけが残された。

私は静かにスイッチを置いた。そして母の目蓋を閉じる。軟らかく、温かかった。目尻から涙が落ちた。

「まさか、こんなに早く……」。駆けつけた医師は絶句していた。

碧空は、まだそこにあった。

恩恵

——……これでよかったのかな……——

退室の作業をしながら、そう考えていた。最後まで母らしかった。夜中に大騒ぎをして、面倒を掛けたくなかったのだろうと。

ナースステーションで手続きをして戻る途中の事だった。

「うわーっ、きれい！」「すごいねー！」

歓声がした。搬送のための処置をしてる部屋からだ。ドアが開いた。招き入れられた。そこには、美しい人が眠っていた。今まで見たことがなかった母の姿。血色が戻り、口紅が塗られていた。目元にも色が入っていた。

「あり合わせのものしかなかったんですけど……若い人向けの」

若い二人の看護師が、旅立ちの化粧をしてくれていた。

「いえ……びっくりしました。ありがとうございます」

「綺麗な方ですよね……」

一人は距離感抜群の娘だった。もう一人も、たまに来るときに印象に残る献身ぶりを見せた娘だった。最後まで母を女性として扱ってもらえた事に感謝した。そして、ただ美しい思い出に描き替えてくれた事にも。母の母親にも喜んでもらえる事をも。

ふたりはおじぎをして出ていった。


幼くして自身の母親を亡くし、兄弟の世話をしてきた母。女性としての楽しみを追う事も許されずに、家族の為に生きた母。

「もっと、こういうの見たかったな……」

この時、ここに母の顔がいつまでも痩せなかった理由を見つけた。

ただ、恵みだと感じた。

夜がそこまで来ていた。地平が染まり始めていた。

それでも、見上げると変わらぬ空がそこにあった。

悠縁

——もう、夜空を見上げることはない——
強く願っても、かなえられなかった。どんなに望んでも届かなかった。
全ては押し流され、残るものはなかった。
その日、何ひとつ持たずに旅立った母。
手ぶらで行っても困らないところ。そう思う事にしていた。

時が、人が、私の傍らを過ぎて行った。
その果て、暗黒の中に私は見た。小さな光を。
やがて、それは満天の輝きとなった。
その時、全てがかなえられてる事を知った。
母は生きていた。

真夜中の病室で母が言ってたこと。それは真実だった。

星が降っていた。

（終）

書き下ろし

悠縁《ゆうえん》

著　者
川端邦彦《かわばたくにひこ》

発行日
2025年 1月30日

発行　株式会社新潮社図書編集室

発売　株式会社新潮社
〒162-8711　東京都新宿区矢来町71
電話　03-3266-7124（編集室）

印刷所　錦明印刷株式会社

製本所　加藤製本株式会社

ISBN978-4-10-910297-1 C0093
価格はカバーに表示してあります。